D0711751

19
+2495

HOTARU

DU MÊME AUTEUR

Tsubaki, Leméac / Actes Sud, 1999.
Hamaguri, Leméac / Actes Sud, 2000.
Tsubame, Leméac / Actes Sud, 2001.
Wasurenagusa, Leméac / Actes Sud, 2003.

Ouvrage édité sous la direction
de Pierre Filion

Leméac Éditeur remercie le ministère du Patrimoine
canadien, le Conseil des arts du Canada, la Société de
développement des entreprises culturelles du Québec
(SODEC) et le Programme de crédit d'impôt du
Gouvernement du Québec du soutien accordé à son
programme de publication.

© Leméac Éditeur Inc., 2004
ISBN 2-7609-2430-0

© ACTES SUD, 2004
pour la France, la Suisse et la Belgique
ISBN 2-7427-5235-8

AKI SHIMAZAKI

Hotaru

ROMAN

un endroit où aller

LEMÉAC / ACTES SUD

NOTE DE L'ÉDITEUR : L'action de cette histoire se situe un mois avant celle de *Hamaguri*.

I

D ANS LE CIEL montent d'énormes cumulo-nimbus.

Penchée à la fenêtre, je regarde les nuages, immobiles comme des rochers gigantesques. Au-dessus de moi, les cigales stridulent bruyamment. La chaleur est accablante. La saison des pluies vient de se terminer.

Je me prépare à sortir. Cet après-midi, je vais chez mes parents où *Obâchan** m'attend. Elle garde le lit presque toute la journée. Mes parents disent qu'elle ne pourra tenir jusqu'à l'automne.

J'habite à Tokyo. Je suis étudiante universitaire. C'est la période des vacances d'été. Je travaille toutes les matinées de la semaine dans une boutique de fleuriste. L'après-midi, j'étudie

---

* Les mots en italique sont regroupés dans un glossaire en fin d'ouvrage.

à la bibliothèque de mon quartier, car
il fait trop chaud dans mon appartement. Je dois préparer des examens
prévus pour le mois de septembre.
Le week-end, je rentre à la maison de
Kamakura donner un coup de main à
mes parents, qui s'occupent d'Obâchan.
Je les encourage à sortir ensemble. Ma
sœur et mon frère aînés habitent aussi
à Tokyo. Ces jours-ci, comme ils sont
très pris par leur emploi, ils ne peuvent
venir voir Obâchan aussi fréquemment
que moi. Mes parents apprécient beaucoup mon aide.

Obâchan a maintenant quatre-vingt-
quatre ans. Sa mauvaise santé est due à
l'accident qu'elle a eu en décembre dernier. En glissant sur le verglas dans le
jardin, elle s'est cogné la tête et fracturé
la jambe. Elle était trop faible pour être
opérée et elle a dû prendre des analgé-
siques quand elle souffrait. Son appétit
a diminué rapidement et elle est devenue dure d'oreille. Elle s'est affaiblie de
jour en jour. Ce qui nous a attristés, ce
n'est pas seulement son état physique,
mais aussi son état mental : elle s'est
mise à avoir des hallucinations, qui ont
persisté quelques semaines.

Je me souviens très bien de la première fois. C'était trois jours après
l'accident.

Obâchan était éveillée dans son lit. Je pliais des linges sur la table, placée dans un coin de la chambre. Tout à coup, elle m'a appelée: «Tsubaki, regarde!» Elle désignait du doigt les vitres coulissantes, qui donnaient sur le jardin potager. J'ai vu des flocons de neige voltigeant au vent. «Qu'est-ce qu'il y a, Obâchan?» Elle a dit en articulant: «*Ho-ta-ru.*» J'ai répondu aussitôt: «Ce n'est pas possible!» Pourtant, elle était sérieuse: «Regarde bien!» Je suis restée interloquée. Elle s'est exclamée: «Que c'est beau!» Ensuite, elle s'est mise à fredonner une chanson pour enfants: «Ho... ho... hotaru koï...» «Venez, les lucioles! L'eau de l'autre côté est salée, l'eau de notre côté est sucrée. Venez, les lucioles!» Elle s'est arrêtée et m'a dit: «Quelle chanson cruelle! C'est un piège! Tsubaki, prends garde de ne pas tomber dans l'eau sucrée.»

Quelques jours après, mon père a entendu Obâchan crier: «Elle est là!» Il lui a demandé: «Elle? Qui est-ce?» En l'ignorant, Obâchan a continué: «Elle passe devant la maison. Où va-t-elle si tôt le matin?» Mon père est descendu quand même dans le jardin, mais il n'y avait personne. Cela est arrivé aussi à ma sœur et à mon frère. En écoutant les paroles d'Obâchan, ils ont cherché la personne en question, mais toujours en vain. «Obâchan, c'est ton imagination!» lui ont-ils dit.

Ma mère est restée calme. Elle a écouté avec patience tout ce qu'Obâchan racontait. Elle nous a expliqué que c'étaient des hallucinations et que la même chose était arrivée à sa grand-mère, dont elle avait pris soin. «Laissez Obâchan parler et ne discutez pas, nous a dit ma mère. Elle voit ce qu'on ne voit pas. Elle entend ce qu'on n'entend pas. De toute façon, elle ne peut plus bouger seule. Il n'y a pas de danger.» Malgré ce conseil qui me semblait raisonnable, j'étais curieuse de savoir ce qui se passait dans la tête d'Obâchan et je lui ai posé des questions sur ses hallucinations. «Elle? De qui s'agit-il? Une femme ou une fille?» Les yeux vagues, elle me regardait comme si elle n'avait pas compris de quoi je parlais.

Sept mois ont passé depuis l'accident. Ses hallucinations sont rares désormais. Cela nous rassure. Pourtant, je remarque que ses souvenirs, surtout les récents, sont en désordre. Elle me demande: «Tsubaki, quand vas-tu partir pour New York?» Je réponds: «Ce n'est pas moi, c'est Natsuko.» Ma sœur travaille comme interprète pour une grande firme. Elle est souvent en

mission à Los Angeles et à New York.
Je dis à Obâchan que Natsuko viendra
la voir après son voyage. Elle sourit faiblement et me pose une autre question
qu'elle a répétée à maintes reprises :
« Qu'est-ce que tu étudies ? » J'articule :
« Ar-ché-o-lo-gie », en sachant qu'elle
ne retiendra pas ce mot. Cependant, je
suis contente qu'elle réagisse toujours
à ce que je dis. Ma mère me dit que
malgré son état de santé, Obâchan se
souvient très bien de mon enfance.
« Elle a l'air heureux quand nous en
parlons, ton père et moi. Elle attend
toujours ta visite avec impatience. »

En fermant la fenêtre de mon appartement, je jette un coup d'œil vers les
cumulo-nimbus. Obâchan n'aime pas
ces nuages typiques de l'été. Je crois
qu'ils évoquent en elle l'image du
kinoko-gumo. Elle et mon père ont été
des victimes de la bombe atomique
qui est tombée sur Nagasaki. Ils ont
échappé à la mort par miracle. Ces
jours-ci, j'entends Obâchan murmurer :
« Voici venir la cinquantième année
depuis lors. Je n'avais jamais espéré
vivre si longtemps... »

JE M'ATTACHE BEAUCOUP à Obâchan, plus que ma sœur et mon frère. Peut-être parce que j'ai toujours été auprès d'elle. Je suis née l'année où mes grands-parents ont emménagé chez mes parents.

Obâchan est la première personne à qui j'ai parlé de mes affaires intimes. Comme elle était discrète, je lui confiais mes ennuis et mes secrets. Elle m'écoutait sans critiquer, et quand je lui demandais des conseils, elle me disait que j'étais sage comme ma mère et que je trouverais une bonne solution par moi-même. Elle me donnait rarement son avis. Néanmoins, c'était rassurant pour moi de lui parler.

Une fois, elle a réagi très fortement à mes propos. C'était peu avant son accident. Je lui ai dit que le professeur H., qui donnait des cours d'anglais comme matière d'enseignement général, m'avait invitée au café. Aussitôt, elle a dit: «Non, non! Il ne faut pas accepter.» Étonnée, j'ai répliqué que c'était un homme franc et ouvert. Elle n'a pas répondu, l'air contrarié. J'ai vu deux fois ce professeur et nous avons eu des conversations agréables. Il a parlé en bien de mon anglais et m'a dit qu'il allait organiser un club d'anglais. J'ai été ravie, car je l'admirais depuis son premier cours, où il parlait d'un roman anglais avec beaucoup d'intérêt. Il était bien fait de sa personne et je suis tombée sous son charme. Le club a commencé bientôt avec une dizaine d'étudiants. On m'a demandé d'être messagère. Quand j'ai mentionné cette activité à Obâchan, elle ne comprenait pas de quoi il s'agissait. Elle était déjà confuse à cause de son accident.

À vrai dire, le professeur H. m'a appelée hier au téléphone. Il était au café près de mon appartement. J'y suis allée en pensant qu'il avait des messages à transmettre aux membres du club. Cependant, cette rencontre n'avait rien à voir avec le club. Il m'a dit: «Je suis amoureux de toi, je voudrais te voir seule de temps en temps.» Son regard était sérieux. J'ai été surprise, et en même temps j'étais au comble de la joie en apprenant qu'il m'aimait aussi. Pourtant, quand il a ajouté que son mariage n'allait pas bien depuis longtemps, j'ai été stupéfaite. Je ne savais même pas qu'il était marié. Il attendait ma réponse. Je lui ai demandé de me donner un peu de temps pour réfléchir. Il a dit en prenant ma main: «Je comprends. De toute façon, gardons ceci pour nous.»

Je regrette de ne plus parler avec Obâchan comme avant. Si elle était encore en bonne santé, elle me dirait: «Tsubaki, je m'en doutais! Méfie-toi des hommes mariés.» Pour elle, qui a mené une vie agréable avec *Ojîchan*, ce serait pénible d'apprendre une telle histoire, surtout de sa petite-fille. Je ne veux certainement pas l'affliger. Néanmoins, je ne peux pas m'empêcher de reconnaître que je suis déjà trop attirée par le professeur H. pour refuser sa proposition.

JE SORS de la gare de Kamakura.

Le soleil tape fort sur la terre. Je mets ma main en abat-jour, désolée de ne pas avoir apporté mon chapeau. La chaleur étouffante est insupportable.

J'aperçois deux filles debout à l'ombre d'un arbre. Elles paraissent avoir seize ou dix-sept ans. Ce sont des lycéennes. Elles discutent des endoits à visiter en examinant un plan touristique de la ville. Je remarque leur accent du Kyushu. Je me demande si ce sont des gens de Nagasaki et si leurs parents ou leurs grands-parents ont été victimes de la bombe atomique, comme mon père et Obâchan. Au bout d'un moment, elles se mettent à marcher en direction du *Daïbutsu*.

Je me dirige vers la maison de mes parents. Elle est située dans un quartier

tranquille, les touristes n'y viennent
que rarement. Il faut quinze minutes
à pied pour s'y rendre. Je marche en
cherchant l'ombre.

Je passe devant le temple S. C'est
l'endroit où Ojîchan est enterré. Voilà
treize ans qu'il est décédé. Obâchan
venait toutes les semaines y apporter
des fleurs. Je l'accompagnais souvent. La tombe d'Ojîchan était toujours
propre. Les mains jointes, Obâchan
priait longtemps. Un jour, elle m'a
dit : « Ojîchan est né ici, à Kamakura,
et il a grandi à Tokyo, où nous nous
sommes rencontrés. Plusieurs fois
nous avons visité la ville de Kamakura
avec ton père, qui aimait voir la mer et
le Daïbutsu. Dès notre mariage, nous
avons quitté Tokyo pour nous établir
à Nagasaki. Ojîchan et moi avons vécu
quarante-deux ans là-bas. Je n'avais
jamais pensé revenir à Kamakura après
une si longue absence. Ojîchan tenait
beaucoup à cette ville. Il doit être heureux d'avoir été enterré ici. » Dans ma
mémoire reste encore une belle image
de mes grands-parents : ils marchaient
sur une plage tranquille, la main dans
la main. Ce fut un couple dont l'union
faisait des envieux, selon mes parents.
Je sens mon cœur se serrer, je pense
qu'Obâchan ne peut plus venir ici.

C'est maintenant moi qui y apporte des fleurs à sa place. Je m'y arrête toujours en revenant à Tokyo.

Je songe à Ojîchan que j'ai beaucoup aimé. Je me suis amusée en sa compagnie. C'était un homme très patient. Il m'a appris à jouer au *shôgi*. Il est mort peu avant mon entrée à l'école primaire. Quand il était encore en forme, il m'accompagnait à pied jusqu'à l'école maternelle. En marchant, il me parlait de ses souvenirs de l'époque où il avait rencontré Obâchan. Il me répétait: «Tsubaki, tu rencontreras aussi quelqu'un de spécial dans ta vie. J'aimerais bien vivre assez longtemps pour le connaître.» La douceur de son regard me revient à l'esprit. Un moment, je me demande comment il réagirait s'il apprenait mon histoire avec le professeur H.

Je marche le long du ruisseau qui coule devant le temple S. Les saules pleureurs le suivent. En été, on y trouve plein de lucioles. Entre les arbres, j'aperçois le toit de la maison de mes parents.

Mon père est dans le jardin potager, à l'arrière-cour. Il cueille des haricots verts. Je remarque qu'il porte le chapeau de paille d'Ojîchan.

— Papa!

Il tourne la tête. Son visage est bien bronzé. Il sourit :

— Ah, Tsubaki. Tu es arrivée tôt aujourd'hui. Il est seulement trois heures.

— Je ne suis pas allée à la bibliothèque, dis-je.

— En fait, Obâchan murmurait ce matin que tu reviendrais plus tôt que d'habitude. Elle avait raison !

— Elle a toujours une bonne intuition.

— Bon, dit-il, nous pourrons sortir ce soir. Ta mère a hâte de voir le film *La promesse*.

C'est un film d'amour dont les journaux parlent beaucoup.

— C'est bien. Amusez-vous !

Mon père est à la retraite. Il a travaillé comme chimiste dans une grande compagnie de produits alimentaires, à Tokyo. Il a maintenant soixante-six ans, alors que je n'en ai que dix-neuf. On nous prend pour un grand-père et sa petite-fille. Je me sens gênée quand je le présente à mes collègues.

Un moment, mon regard se fixe sur ses yeux nostalgiques, qui évoquent ceux d'Obâchan. Mon père ne ressemble pas du tout à Ojîchan, il n'est pas son vrai fils. Ojîchan l'a adopté quand il s'est marié avec Obâchan. Il était stérile.

— Quelle chaleur! dit mon père. Buvons quelque chose de frais. Ta mère est à la cuisine, elle prépare une collation pour Obâchan.

Il entre dans la maison. En le suivant, je me demande s'il a jamais trompé ma mère.

APRÈS LE DÎNER, mes parents sont sortis au centre-ville voir le film *La promesse*. Je finis la vaisselle et entre dans la chambre d'Obâchan en portant des linges. Le climatiseur est toujours en marche. Obâchan est assise dans son lit, le dos appuyé contre des oreillers. Je m'installe devant la commode du coin. Je commence à plier ses sous-vêtements.

Obâchan murmure :

— Quelle tranquillité...

Je jette un coup d'œil sur son visage. Son regard flotte dans l'air. Je me demande à quoi elle pense en restant au lit presque toute la journée. Ici, il n'y a ni téléviseur ni radio. C'est son choix, elle n'aime pas le bruit.

Chez nous, elle est la seule personne qui ne dorme pas sur les tatamis. Après la mort d'Ojîchan, elle les a fait enlever

avant d'acheter son lit et sa table ronde
de type occidental. Cela nous a beaucoup étonnés, surtout mes parents.
Quand ils lui ont demandé pourquoi
elle avait supprimé les tatamis, elle a
répondu : «Ojîchan me manque trop, il
faut changer d'atmosphère.»

Je regarde de nouveau le visage
d'Obâchan. Elle est belle. Malgé son
âge et son état de santé, sa peau est
toujours soyeuse. Ses cheveux tout
blancs lui donnent une grâce par-
ticulière. Ses traits sont réguliers et
distingués. Ojîchan disait : «J'ai eu
le coup de foudre pour Obâchan.
Elle était retenue mais très attirante,
comme les fleurs de *wasurenagusa*.»
On peut imaginer sa beauté d'autrefois. Je taquine Obâchan même maintenant : «Tu devais plaire à beaucoup
d'hommes quand tu étais jeune.» Elle
répond en souriant : «Je ne sais pas.
Pour moi, Ojîchan fut le meilleur de
tous.» Je la crois. Ojîchan était actif et
sociable alors qu'elle ne l'est pas du
tout. Il était le soleil et elle, la lune. Ils
s'entendaient très bien.

Selon mon père, Ojîchan a aban-
donné son héritage pour se marier
avec Obâchan. Ses riches parents n'ont
pas accepté Obâchan, qui avait déjà
un enfant, mon père. En plus, elle était

orpheline. Mon père m'a dit : «Ojîchan est resté fidèle à sa décision quoi que ses parents disaient contre Obâchan. Il était héritier. Ça devait être difficile pour lui de quitter sa famille. J'ai une grande admiration pour son courage. C'était un homme sincère.»

La nuit tombe. Il fait moins chaud. J'éteins le climatiseur. Obâchan me demande :

— Tu peux ouvrir les vitres coulissantes?

— Bien sûr!

L'air tiède entre dans la chambre. Brusquement, Obâchan crie :

— Tsubaki, regarde!

Elle me montre du doigt le jardin potager.

— Qu'est-ce qu'il y a?

Elle articule :

— Ho-ta-ru!

J'ai un choc au cœur. Elle insiste en répétant : «Là-bas!» J'écarquille les yeux et je repère dans le noir plusieurs lucioles qui volent de droite à gauche. Elle a raison cette fois! Je baisse la lumière de la chambre. Obâchan fredonne : «Ho... ho... hotaru koï...» Je chante avec elle.

— Yukio était si petit... dit-elle. Devant la maison coulait un ruisseau où volaient beaucoup de lucioles. Nous nous promenions ensemble : Ojîchan,

Yukio et moi. J'étais heureuse. Notre vie était tellement paisible...

Ce sont des souvenirs de l'époque où mes grands-parents et mon père se sont établis à Nagasaki. Elle me raconte la même histoire depuis quelques semaines. Je l'écoute sans l'interrompre. Elle s'arrête et lève les yeux. Son regard est distrait.

— Qu'est-ce qu'il y a?

— Lorsqu'Ojîchan est revenu de Sibérie, dit-elle, il était si amaigri que Yukio et moi ne l'avons pas reconnu. Il s'était ruiné la santé. Les travaux forcés, le froid rigoureux, la faim, la solitude... Les conditions de vie avaient dû être terribles là-bas. S'il n'y était pas allé, il aurait pu vivre plus longtemps. Pauvre Ojîchan. C'est à cause de...

Elle baisse la tête. Je me rappelle qu'Ojîchan a été muté en Mandchourie pendant la guerre, puis envoyé en Sibérie. Mon père m'a dit une fois: «Si Ojîchan était demeuré à Nagasaki, il aurait pu être tué par la bombe atomique. On ne connaît vraiment pas son destin!» Je dis à Obâchan, en caressant son dos:

— C'est à cause de la guerre. Heureusement, il est revenu à Nagasaki où mon père et toi l'attendiez, n'est-ce pas?

Elle ne répond pas. Les lucioles ont disparu. Elle demande, l'air absent:

— Est-ce qu'Ojîchan m'attend dans l'autre monde?

Je dis sans y penser:

— Bien sûr!

J'ajoute tout de suite:

— Mais tu dois vivre longtemps à sa place!

Elle sourit:

— Tu es tellement gentille avec moi, Tsubaki. Quelle chance d'avoir une petite-fille comme toi!

DANS L'OBSCURITÉ clignotent les lucioles. J'en ai attrapé deux tout à l'heure en traversant le jardin. Je les garde dans mon petit aquarium, resté vide depuis l'année passée. Elles rampent lentement sur des feuilles de fougère. L'une suit l'autre comme un couple. Je compte les emporter à mon appartement.

Allongée sur le futon, je songe à Obâchan, qui a un air déprimé. Je me demande pourquoi elle regrette maintenant le départ d'Ojîchan en Sibérie. Qu'est-ce qui la dérange ? Je sens qu'elle est tourmentée et cela m'attriste.

Je me rappelle le moment où Ojîchan est mort. Il était entouré de nous tous : Obâchan, mes parents, ma sœur, mon frère et moi. Je ne me souviens plus des détails, car je n'avais que six ans à l'époque. Néanmoins, je sentais dans

mon cœur d'enfant qu'il reposerait
en paix. Son regard était doux. Selon
ma mère, Ojîchan a dit à Obâchan,
en tenant sa main : «Quelle vie heureuse! J'ai eu de la chance d'avoir une
famille si bonne.» Nous étions sa seule
famille. Quand il est mort, il avait
soixante-dix-neuf ans. Il était malade
du cœur.

Les lucioles clignotent toujours. En
fixant les yeux sur leurs lumières, je
me rappelle une lointaine conversation
avec Ojîchan.

— Ojîchan, pourquoi les lucioles
émettent-elles de la lumière?

Il répond :

— Pour attirer des femelles.

Je suis étonnée :

— Alors, les lucioles sont-elles
mâles?

— Oui. Les femelles sont des vers
luisants. Elles émettent aussi de la
lumière, mais elles ne volent pas. Les
deux s'échangent des messages amoureux en clignotant.

Je m'exclame :

— Comme c'est romantique!

— Oui, dit Ojîchan. Au moins pour
nous, les Japonais.

— Qu'est-ce que tu veux dire?

— En France, il existe une superstition étrange : ces lumières seraient les âmes des enfants morts sans avoir reçu le baptême. Pour les gens qui y croient, ces insectes sont bien sinistres.

Le mot «sinistre» me fait penser à la scène du soir de la bombe atomique qu'Obâchan m'a racontée une fois : «J'ai vu une volée de lucioles au-dessus du ruisseau, qui était écrasé par les ruines des bâtiments. Les lumières de ces insectes flottaient dans le noir comme si les âmes des victimes n'avaient pas su où aller.» Je me demande où ira l'âme d'Obâchan. Va-t-elle errer pour toujours entre ce monde et l'autre monde? Ses jours sont comptés. J'espère qu'elle trouvera le calme et pourra mourir en paix, comme Ojîchan.

C'EST SAMEDI aujourd'hui.
Il est deux heures de l'après-midi. Mes parents sont allés au centre-ville faire le marché. J'entre dans la chambre d'Obâchan avec une revue achetée hier au kiosque de la gare de Tokyo. Obâchan est réveillée, le dos appuyé contre des oreillers. Je dis :

— J'aimerais lire ici. Ça ne te dérange pas?

Elle sourit :

— Tu ne me déranges jamais, ma petite.

Kotokotokoto... Elle agite quelque chose gauchement.

— Qu'est-ce que c'est?

Elle me montre l'objet. C'est un gros coquillage. Il est vieux. Il y a des défauts sur la surface.

— *Hamaguri*, dit-elle.

— Qu'est-ce qu'il y a dedans?

— Un caillou.

Je souris. Kotokotokoto... Elle l'agite de nouveau comme un petit enfant. Ça me rappelle l'époque où Obâchan et moi nous promenions sur les plages de Yuigahama et de Shichirigahama. Nous y ramassions des coquilles ensemble, avec lesquelles je jouais.

Obâchan arrête de bouger sa main. Je m'assieds devant la table. La chambre est tranquille. On n'entend que le tic-tac de la pendule. Au bout d'un moment, Obâchan s'assoupit, le coquillage toujours dans sa main.

J'ouvre la revue. Je l'ai achetée simplement à cause du titre en couverture : « Le 9 août, où étiez-vous ce matin-là ? » Il s'agit du jour où la bombe atomique est tombée sur Nagasaki, en 1945. Ce titre m'a fait penser à Obâchan, qui garde le silence sur cet événement. On sait seulement que ce matin-là, elle était à la campagne avec sa voisine pour acheter du riz. Quand j'ai demandé à mon père pourquoi elle n'en parlait pas, il a dit : « Pour les victimes, ce n'est pas facile de raconter ce qu'ils ont vu. L'atrocité de la bombe atomique dépasse notre imagination. Si possible, on voudrait bien tout oublier. Il m'a fallu des années pour surmonter la douleur de mes souvenirs. Obâchan

a aussi été victime du tremblement de
terre en 1923, à Tokyo, où elle a perdu
sa mère et son oncle. Elle en a eu
assez. Heureusement, elle a pu mener
une vie paisible avec Ojîchan. Laisse-la
tranquille.»

Je tente de lire l'histoire d'un survi-
vant de la bombe. Pourtant, j'ai de la
difficulté à me concentrer. Ma tête est
occupée par l'image du professeur H.
Ses dernières paroles me dérangent:
«Gardons ceci pour nous.» Je ne sais
pas encore comment lui répondre.
Je regarde distraitement le titre: «Le
9 août, où étiez-vous ce matin-là?»

Quelques minutes plus tard, j'entends
Obâchan murmurer. Ses yeux sont
encore clos. Elle doit rêver. Curieuse, je
dresse l'oreille. Elle dit par bribes: «Non,
non... il ne faut pas...» Et tout à coup,
elle crie: «Elle est là! Elle est là!» Je suis
saisie d'épouvante. «Ses hallucinations
sont revenues!» Sa respiration est courte.
Inquiète, je m'approche d'elle. Je la
trouve en sueur. Son visage est tout pâle
comme celui d'un fantôme. Je m'installe
sur la chaise placée à côté d'elle.

— Obâchan?

J'essuie son front avec une serviette.
Elle se réveille.

— Ça va? Tu devais faire un mauvais
rêve, dis-je.

Elle ne répond pas, mais ses yeux sont grand ouverts.

— Veux-tu boire un peu d'eau?

Elle secoue la tête.

— Tu as l'air tourmenté. Qu'est-ce qu'il y a?

Elle reste silencieuse, le regard fixé sur le mur. Je me tais. Je décide de ne plus poser de questions. Je me lève de la chaise. Elle dit brusquement:

— J'ai été témoin d'un empoisonnement.

«Témoin d'un empoisonnement?» J'ai un coup au cœur. Je pense aussitôt qu'il s'agit de son rêve. Je dis d'un ton compatissant:

— Quel cauchemar!

Elle me regarde, sérieuse:

— Tsubaki, ce n'est pas un cauchemar. C'est un fait.

Je suis embarrassée: «De quoi parle-t-elle?» Je me rassois.

— Quand est-ce arrivé?

— Tôt le matin du jour où...

Elle s'arrête. Je poursuis:

— Où...?

— Où la bombe atomique est tombée.

«Qu'est-ce qu'elle va raconter?» Je deviens confuse.

— Papa m'a dit que ce matin-là tu étais à la campagne avec ta voisine.

— Il a raison, dit-elle.

— Alors, où as-tu été témoin de l'empoisonnement?

— Chez cette voisine.

— Quoi?

Je reste bouche bée quelques instants. Je réfléchis. Je ne vois pas le rapport entre les deux images: Obâchan qui constate l'empoisonnement chez sa voisine et Obâchan qui va à la campagne avec elle. Embrouillée, je regarde le visage d'Obâchan, qui se met à décrire la scène comme si elle se parlait à elle-même.

C'était vers sept heures du matin. Elle se préparait à sortir. Elle devait rejoindre sa voisine, qui l'attendait au centre-ville. Soudain, elle a entendu un bruit provenant de la maison d'à côté, comme un éclat de verre. Après, quelqu'un a frappé le mur mitoyen en criant douloureusement: «Au secours!» C'était une voix d'homme. Elle avait peur, mais elle s'y est rendue. La porte n'était pas fermée à clé. Dans la cuisine, elle a trouvé le mari de sa voisine allongé sur le plancher. Autour de lui, des morceaux de verre étaient éparpillés. Il était déjà mort, les yeux ouverts. De sa bouche coulait un liquide blanc...

«Quelle horreur!» Je frissonne.

— Qui l'a empoisonné, ce voisin?

— Sa fille, dit-elle sans hésitation.

— Sa fille? Comment as-tu su que c'était elle?

— J'ai trouvé une note sur le bureau de sa chambre : «Adieu, maman. Ne me cherche pas.»

— Mon Dieu...

Je réfléchis un instant et continue :

— Pourquoi n'as-tu pas appelé la police?

Elle lève les yeux vers le plafond et reste ainsi longtemps. J'attends.

— Parce que... dit-elle, parce que la fille a fait ce que je voulais faire.

Je suis étonnée :

— Qu'est-ce que tu veux dire?

— Moi aussi, dit-elle, je voulais tuer cet homme. C'est lui qui a comploté pour faire envoyer Ojîchan en Mandchourie et l'empêcher de revenir au Japon. C'était le collègue d'Ojîchan.

— C'est terrible! Quel homme!

Elle se tait. Un moment, je me sens envahie par un sentiment étrange. Je demande :

— Pourquoi sa fille a-t-elle tué son père?

Obâchan secoue la tête :

— Je ne sais pas. C'est encore un mystère pour moi. Cependant, si elle avait voulu me tuer au lieu de son père, ç'aurait été facile pour moi de la comprendre.

— Qu'est-ce que ça veut dire?

— J'avais une liaison avec son père pendant qu'Ojîchan était en Mandchourie.

Je suis stupéfaite. Je n'avais jamais imaginé entendre de sa bouche une histoire pareille. Elle dit, la tête baissée :

— J'étais sa maîtresse à Tokyo jusqu'à ce que je rencontre Ojîchan.

Mon regard se fixe sur son visage pâle. Le sang me monte à la tête. Je bégaie :

— Ça veut dire... Le collègue d'Ojîchan était-il le vrai père de mon père?

— Oui. Il s'agit de ton vrai grand-père.

Je suis bouleversée. Obâchan continue, les yeux humides :

— J'ai trompé mon mari, qui m'aimait de tout son cœur. Quand il est revenu de Sibérie, il a pleuré en me serrant fort dans ses bras. Il m'a répété : «Ah, tu es vivante, Yukio l'est aussi! Quel bonheur!» J'aurais bien voulu mourir.

Je comprends alors ses paroles d'hier : «Est-ce qu'Ojîchan m'attend dans l'autre monde?» Je vois ses larmes couler. Je me dis : «Pauvre Obâchan...» Elle se met à fredonner : «Ho... ho... hotaru koï...» En l'écoutant, je me rappelle ses hallucinations d'après son accident: «Elle est là! Elle passe devant la maison. Où va-t-elle si tôt le matin?»

— J'étais trop naïve, dit Obâchan. J'étais prisonnière de la manipulation du père de mon fils et je ne savais comment le quitter autrement qu'en le tuant. Ma naïveté et mon ignorance m'ont causé tellement de soucis et, par ricochet, à mon mari.

Elle se tait longtemps. Je ne pose plus de questions. Je suis encore troublée. Je tente de me calmer. Obâchan me regarde avec un faible sourire. Ses larmes sont presque sèches. Elle dit:

— Tsubaki, je vais te raconter maintenant l'histoire d'une luciole tombée dans l'eau sucrée...

II

QUAND J'AVAIS QUINZE ANS, j'ai eu un emploi par l'intermédiaire du prêtre étranger de l'orphelinat où j'habitais. J'ai loué un petit appartement. J'avais déjà de l'argent que ma mère avait confié au prêtre, avec son journal. J'ai commencé à travailler comme coursière et nettoyeuse dans une grande compagnie de produits pharmaceutiques de Tokyo. C'est là que j'ai rencontré le vrai père de Yukio.

Je livrais des lettres et des documents. Je préparais le thé pour tout le monde, trois fois par jour et, après la fermeture, je nettoyais le bureau. Quand je rentrais chez moi, il était déjà sept heures du soir.

Dans le terrain de la compagnie, il y avait trois bâtiments : le bureau, l'usine et le laboratoire. Je restais tout le temps dans les deux premiers. Je ne mettais jamais les pieds dans le dernier, où les pharmacologues faisaient des recherches. Ils venaient de temps en temps à l'usine et au bureau pour rencontrer des directeurs. Au début, je croyais que c'étaient des médecins, car ils portaient un uniforme blanc. Ils étaient traités avec beaucoup de respect.

Les femmes du bureau étaient excitées par leur présence. Elles les regardaient sans cesse, surtout un homme qui s'appelait monsieur Ryôji Horibe. Elles disaient que c'était quelqu'un de très spécial. Il parlait plusieurs langues, jouait du piano et du violon. Au cours de ses études, il était allé en Europe et en Amérique du Nord. Il adressait la parole ouvertement aux employés de bureau, à la différence des autres pharmacologues... Les femmes répétaient : «Comme il est charmant! En plus, il est encore célibataire. Qui aura la chance de devenir sa femme?» Elles disaient aussi qu'il avait vingt-quatre ans et qu'il terminait son doctorat. D'ailleurs, il était le fils du président d'une banque importante qui soutenait la compagnie. Je les écoutais en pensant que cet homme devait vivre dans un autre monde.

Je ne parlais pas avec les gens de la compagnie. Je ne sortais jamais avec eux non plus. Je restais toujours seule. Je n'avais pas d'amies. Dans mon appartement, je passais mon temps libre à coudre des robes occidentales que j'aimais. Cela me distrayait de mon sentiment d'isolement.

Je travaillais sérieusement et on me faisait confiance en me laissant livrer des documents importants. À la fin de cette année, on m'a donné une prime. Ça m'a beaucoup réjouie.

Ainsi s'est vite passée la première année.

UN JOUR, j'ai croisé monsieur Horibe dans le couloir du bureau. Je me suis inclinée en passant. «Mademoiselle!» a-t-il dit. Puis il m'a demandé mon nom. Quand j'ai répondu: «Je m'appelle Mariko Kanazawa», il m'a regardée fixement. Cela m'a beaucoup gênée. J'ai baissé la tête. Il a commencé à me poser des questions, il voulait savoir où j'habitais. J'étais tendue. Je n'avais jamais parlé avec une personne si instruite et si cultivée.

Depuis ce moment-là, il me saluait souvent. Personne ne le savait, il m'adressait toujours la parole alors que nous étions seuls. Un jour, il m'a dit: «Tu es belle! Les hommes seraient jaloux de moi s'ils me trouvaient avec toi.» Je pensais qu'il me taquinait, mais j'étais attirée par ses manières douces

et polies. Il me rappelait mon défunt
oncle. Son visage était blanc, son cou
était long, ses doigts étaient fins. Son
image et celle de mon oncle se super-
posaient.

C'était au début de l'été. Un soir,
quelqu'un a frappé à la porte de mon
appartement. Je me demandais qui
c'était, car je n'avais jamais reçu d'autre
visiteur que la femme du propriétaire,
qui venait toucher le loyer. En ouvrant,
j'ai été très étonnée. Monsieur Horibe
était debout dans le noir. Rapidement,
il est entré en fermant la porte. «N'aie
pas peur, m'a-t-il dit. Je ne veux pas
être vu. C'est tout.» Je ne savais comment réagir à sa visite inattendue. Je
suis restée muette. Il m'a souri en me
tendant une boîte de médicaments dont
le couvercle était percé. J'ai demandé :
«Qu'est-ce que c'est?» Il a dit : «C'est une
luciole. Je l'ai attrapée pour toi.» Ces
paroles ont détendu mon esprit. Et il a
demandé : «J'aimerais te voir seule ici.
Es-tu d'accord?» J'ai fait oui de la tête.
Il a caressé mes cheveux, doucement.
Il a répété : «Tu es belle!» Quand il m'a
embrassée sur le front, j'ai senti sur sa
chemise l'odeur des médicaments.

Il est resté chez moi seulement une
demi-heure. Avant de me quitter, il
m'a fait promettre certaines choses

importantes : « Il ne faut parler à personne de notre rencontre. Il faut continuer à me vouvoyer et à dire monsieur Horibe, non pas mon prénom Ryôji. » J'ai tout accepté puisqu'il était quelqu'un de spécial pour la compagnie alors que je n'étais qu'une coursière.

Monsieur Horibe a commencé à venir chez moi toutes les semaines. Il venait après le coucher du soleil et partait peu avant minuit. Je l'attendais avec impatience. Il m'apportait souvent des gâteaux que je n'avais jamais goûtés de ma vie. Il me parlait de son passe-temps, de son travail et des voyages à l'étranger qu'il avait faits. Je l'écoutais en silence. Je n'avais pas grand-chose à dire. Pourtant, j'étais contente de sa présence, comme si mon oncle était revenu devant moi. À la compagnie, il ne me saluait plus et je tentais de l'ignorer comme il me l'avait demandé.

UN SOIR, la pluie tombait à verse. Monsieur Horibe est arrivé chez moi, tout mouillé. J'ai cherché tout de suite une serviette pour lui. Quand je suis revenue, il était complètement nu. J'ai rougi de honte. Monsieur Horibe m'a dit en souriant : « Il n'y a rien de honteux. Déshabille-toi. J'aimerais voir ton corps. » J'ai été surprise de cette proposition. Il a dit : « Tu sais combien je t'adore. Je veux caresser ta peau si soyeuse. » Il a avancé et moi j'ai reculé. J'étais sur le point de pleurer. Il m'a prise par la main et a répété : « N'aie pas peur. Je ne te ferai pas de mal. » Il s'est mis à me déshabiller, lentement. J'ai caché ma figure avec mes mains. Lorsque j'ai été toute nue, il s'est exclamé : « Mariko, comme tu es belle ! » Je suis restée immobile, les yeux fermés. Je sentais ses doigts

glisser doucement sur mon corps.
Monsieur Horibe répétait : «Ton corps
est beau!» Il me caressait la nuque,
les épaules, les seins, le ventre, les
cuisses... Graduellement, j'ai éprouvé
une sensation agréable. Il a dit : «Ça
fait du bien, n'est-ce pas?» Ensuite, il
m'a allongée sur la serviette. Lui aussi,
il s'est couché sur les tatamis et a continué à me caresser le visage, le cou, les
seins... Avec son doigt, il a frôlé mes
jambes collées, comme s'il avait des-
siné. Lorsqu'elles se sont détendues, il
a demandé : «As-tu déjà fait l'amour?»
J'ai secoué la tête : «Je suis encore
jeune pour ça.» Il a souri : «Mais non!
Tu es déjà une femme, ton corps est
prêt.» Il a pris ma main et m'a fait tenir
son sexe dur et chaud. Toute gênée,
j'ai tenté de retirer ma main, mais il
la gardait fermement. «J'ai peur, je ne
veux pas tomber enceinte.» Il m'a chu-
choté : «N'aie pas peur. Je me contrôle-
rai.» Je n'ai pas compris ce qu'il voulait
dire. Il a recommencé à me câliner. Il
a bougé sa langue autour de mes seins
et a descendu jusqu'à mon sexe. Mon
corps tremblait. Il est monté sur moi.
Je sentais son sexe entre mes jambes.
J'avais vraiment peur. Il m'a embrassée
sur les lèvres et il est entré en moi, lentement. Je supportais la douleur. Il s'est

agité fortement et, au moment où il a
éjaculé, il est sorti de moi. Il y avait des
taches de sang sur la serviette.

La saison des lucioles s'est ter-
minée.

Nos rendez-vous secrets se poursui-
vaient. Personne ne savait ce qui se
passait entre nous. Monsieur Horibe
venait toutes les semaines chez moi
après le coucher du soleil et partait peu
avant minuit, sans exception. À chaque
rencontre, il me caressait doucement
et longtemps, comme la première fois.
Il me répétait: «Tu es tellement sen-
suelle!» Peu à peu, je m'éveillais à la
sexualité.

Je ne pouvais plus faire ma vie sans
lui. J'aurais bien voulu rester en sa
compagnie tout le temps, mais je ne
savais même pas où il habitait.

C'ÉTAIT AU DÉBUT de l'année suivante. Une chose grave m'est arrivée.

Un matin, j'ai été convoquée par mon supérieur, qui était le chef de bureau. Il m'a dit :

— J'ai reçu une lettre de l'un de tes voisins à ton sujet. Il a aperçu un homme venir chez toi, tard dans la nuit.

J'ai été choquée. Je tremblais. Il m'a demandé, l'air curieux :

— Qui est-ce, cet homme ? Tu n'as pas de famille.

Je me taisais. Il a poursuivi :

— Est-ce quelqu'un de notre compagnie ?

J'ai secoué la tête. Il a souri :

— Bon ! Je savais que ce n'était pas possible.

Je restais muette, la tête baissée.

— Tu sais bien, a-t-il dit, que je suis responsable non seulement du travail

de tous mes subordonnés, mais aussi
de leur discipline. La compagnie a une
bonne réputation pour la qualité de ses
produits et pour le comportement de
ses employés, qui sont fiers de notre
société. Il ne faut pas corrompre nos
bonnes mœurs. Je ne veux plus jamais
recevoir une pareille lettre !

En l'écoutant, j'ai rougi, très embarrassée. Je voulais partir dès que possible, mais le chef du bureau a continué
à me sermonner.

— Nous ne choisissons que les gens
de famille sûre. Ton cas est une exception. Tu as été embauchée grâce à
l'un de nos cadres, qui connaît le
prêtre étranger de l'orphelinat. Tu as
vraiment eu de la chance ! Il faut le
récompenser pour sa générosité. Mais,
ce que tu fais, c'est le contraire !

Une heure a passé. Il m'a enfin laissée
sortir de son bureau en ajoutant :

— N'accepte plus les visites de
cet homme. Sinon, tu seras mise à la
porte !

Je me suis précipitée dans le cabinet
de toilette. Bouleversée des dernières paroles de mon supérieur, j'ai
pleuré. Je ne pouvais pas quitter mon
travail, mais je ne pouvais cesser de
voir monsieur Horibe non plus. J'ai
pensé : «Alors, je dois lui en parler

avant qu'il revienne chez moi. Il trouvera une bonne solution pour nous.» Après, je me suis un peu calmée. J'ai repris courage et je suis sortie.

Il était presque onze heures. Je devais préparer le thé pour tout le monde. Je suis allée tout de suite à la cuisine du bureau et je me suis mise à ma tâche.

Alors que j'étais en train de poser des tasses de thé sur un plateau, deux femmes sont entrées en bavardant. L'une s'est exclamée : «C'est dommage!» et l'autre a répondu : «Vraiment!» Je me demandais de quoi il s'agissait. La première a dit : «On dit que sa fiancée est de vieille souche. C'est la fille d'un médecin bien connu à Tokyo.» L'autre a dit : «Cela ne m'étonne pas, mais je n'avais jamais pensé que monsieur Horibe se marierait si tôt.» Je n'en ai pas cru mes oreilles. Je sentais le sang me monter à la tête. Mes mains tremblaient. Une tasse est tombée avec fracas. Les femmes m'ont regardée. Un instant après, je me suis évanouie. Au loin, je les ai entendues pousser des cris.

Depuis, monsieur Horibe n'est plus venu à mon appartement. À la compagnie, je n'ai plus eu l'occasion de le revoir. Il devait rester tout le temps dans son laboratoire. Mon cœur était profondément déchiré.

LA SAISON DES FLEURS d'astragale est
arrivée.

Un soir, vers minuit, j'ai
entendu quelqu'un frapper à la porte.
C'était monsieur Horibe. J'ai été très
surprise. Quatre mois s'étaient écoulés
depuis sa dernière visite. J'avais peur
du voisin qui pourrait me dénoncer de
nouveau à la compagnie. En ignorant
mon inquiétude, monsieur Horibe est
entré et il a tenté aussitôt de me tenir
dans ses bras. J'étais confuse. J'ai dit
en repoussant son corps: «Que voulez-
vous maintenant?» Il m'a reprise de
force. J'ai résisté: «Arrêtez!» Je me suis
débattue, mais il ne m'a pas lâchée.
Lorsque j'ai été à bout de résistance,
il a dit: «Tu me manquais beaucoup!»
J'étais encore confuse. J'ai dit: «Vous
êtes marié. Il ne faut plus venir me
voir.» Je sentais sur sa chemise l'odeur

des médicaments, dont je me souvenais. Fatiguée, je suis restée immobile
dans ses bras.

« Mon mariage, a-t-il dit, n'est qu'une
affaire de convenances. Je suis l'héritier d'une famille illustre. Mes parents
ont choisi ma femme. » Les mots « ma
femme » ont piqué mon cœur. J'ai dit :
« Mais, vous couchez avec elle... » J'étais
sur le point de pleurer. Il a caressé mes
cheveux. « Elle ? Ce n'est pas quelqu'un
dont tu peux être jalouse. Je n'aime que
toi ! Il m'était très difficile de ne pas te
voir pendant ces mois. Comprends-tu ? »

Je restais toujours debout. Il a baisé
mes lèvres et mes joues mouillées de
larmes. En m'embrassant sur le visage
et sur le cou, il s'est mis à respirer de
plus en plus fort. Il m'a déshabillée bru-
talement et a continué à m'embrasser
sur les seins, sur les mamelons, sur le
ventre, sur le sexe. Je lui tenais la tête.
J'ai gémi : « Ah ! » Il m'a couchée sur le
futon. Après avoir retiré ses vêtements
lui-même, il est aussitôt entré en moi.
Son corps était tout chaud. Il a bougé
ses fesses avec force et il est venu, sans
même se contrôler.

Nous étions allongés sur le dos. J'ai
demandé :

— Votre femme, comment la trouvez-
vous ? Est-elle belle ?

— Elle? a-t-il dit. Oui, elle l'est, mais orgueilleuse. Et ce n'est pas quelqu'un d'autonome.

— Qu'est-ce que ça veut dire?

— Elle est incapable de rester seule, elle a besoin sans cesse de gens qui l'écoutent. À la maison, elle s'ennuie facilement et invite sa famille ou ses amies pour passer le temps. Je la laisse faire ce qu'elle veut. On dit que je suis un mari généreux. En réalité, je ne supporte pas son bavardage futile avec ces gens. Je suis soulagé quand elle s'absente de la maison.

Ce soir-là, avant de partir, monsieur Horibe m'a promis de chercher un appartement pour nous, un endroit discret.

QUELQUES SEMAINES PLUS TARD, à la compagnie, monsieur Horibe m'a remis un papier sur lequel était inscrite l'adresse d'un appartement qu'il avait trouvé. Dès que j'ai eu fini mon travail, je m'y suis rendue. C'était un bâtiment construit au bout de la rue. L'entrée commune était située au milieu, à part la nôtre qui se trouvait au coin. Celle-ci était invisible à cause d'un arbre qui la cachait. J'étais satisfaite. Le mois suivant, j'ai emménagé là-bas.

Monsieur Horibe venait chez «nous» plus souvent. Il y restait plus longtemps et prenait même le dîner avec moi. J'étais très heureuse. Il disait que sa femme voyageait beaucoup. Ce qui ne changeait pas depuis notre première rencontre, c'était qu'il ne passait jamais la nuit et qu'il ne sortait jamais avec moi.

Ce mois-là, je n'ai pas eu mes règles. Ça m'a désorientée. Trop gênée, je ne pouvais pas le dire à monsieur Horibe. Au troisième mois, il s'est rendu compte que j'étais enceinte. Il avait l'air embarrassé, en disant: «C'est à cause de la seule fois où je ne me suis pas contrôlé? C'est incroyable!» Je pleurais sans savoir que faire. Il m'a dit que je pouvais garder le bébé, mais qu'il ne pouvait pas le légitimer. Je ne comprenais pas le mot «légitimer». Il a expliqué que son nom ne serait pas inscrit dans mon *koseki*, ni dans le sien comme le père de l'enfant. «Comprends-tu? a-t-il dit. C'est normal dans une telle situation.» Et il m'a demandé de quitter la compagnie immédiatement, sans rien dire à personne.

J'ai fait ce que monsieur Horibe m'avait demandé. Très fâché, mon supérieur m'a dit: «Voilà pourquoi je n'étais pas content à l'idée d'employer une orpheline!» Le lendemain, le prêtre étranger de l'orphelinat est venu à mon appartement. Quand j'ai avoué que j'étais enceinte, il a été très étonné et m'a demandé de qui l'enfant était. Je ne pouvais le lui dire. «Qui que ce soit, a-t-il dit, l'enfant va naître. Consulte madame Tanaka, elle trouvera une sage-femme.» Madame Tanaka était une vieille personne qui travaillait à l'orphelinat. Le prêtre est parti en m'assurant que je pouvais revenir à l'église en tout temps.

La nouvelle année est arrivée et j'ai accouché de Yukio en mars. Trois mois plus tard, madame Horibe a accouché de sa fille, Yukiko. Ces prénoms ont été choisis par leur père. Le nom de famille de mon fils restait Kanazawa, comme son père le voulait.

Monsieur Horibe a continué à venir chez «nous» pour voir Yukio, qui appelait bientôt son père «*Ojisan*».

QUAND YUKIO a eu trois ans, nous avons emménagé dans une petite maison que monsieur Horibe avait trouvée. Il voulait que ses enfants jouent ensemble. Il les emmenait au parc, situé entre les deux maisons. Je ne restais pas avec eux. Monsieur Horibe craignait que ses voisins ne m'aperçoivent.

Il me semblait que les enfants s'entendaient bien. Yukio disait : «Maman, je l'aime beaucoup. Elle est gentille.» Il ne savait pas le nom de son amie, car monsieur Horibe et moi ne le prononcions pas devant lui. Je n'adressais pas la parole à Yukiko, mais j'avais l'impression qu'elle était intelligente. Yukio apprenait d'elle de nouveaux mots. Yukiko avait les yeux limpides.

Le temps passait ainsi tranquillement. Pourtant, j'étais déprimée par la situation dans laquelle je m'étais mise. Je me sentais totalement isolée du reste du monde. Monsieur Horibe mangeait souvent avec nous, Yukio et moi. Cependant, il ne voulait pas sortir avec nous deux. Quand je pleurais, il me disait: «Qu'est-ce que tu veux encore? Tu as une maison et assez de nourriture. Je m'occupe de Yukio plus que ne le font d'autres pères.» Yukio n'avait pas d'amis, à part Yukiko. Les voisins défendaient à leurs enfants de jouer avec lui, médisant sur mon compte: «Est-ce une maîtresse ou une prostituée?»

C'était peu après le quatrième anniversaire de Yukio. Je suis allée à l'orphelinat. Le prêtre étranger était très heureux de notre visite inattendue. Je lui ai demandé si je pouvais travailler là-bas, en cuisinant et en cousant pour les enfants. Il a accepté très volontiers. Yukio jouait avec des orphelins pendant que j'étais occupée.

Peu de temps après, j'ai rencontré à l'église un homme qui s'appelait monsieur Takahashi. Il aidait le prêtre étranger après son travail. À ma surprise, c'était aussi un pharmacologue de la même compagnie que monsieur

Horibe. En plus, ils étaient amis et collègues depuis leurs études universitaires. Alors, lorsque monsieur Takahashi m'a demandée en mariage sans me connaître beaucoup, j'ai été vraiment étonnée. Il m'a même avoué sa stérilité. Le prêtre a insisté : «Accepte. C'est un homme sincère. Il vous rendra heureux, Yukio et toi. J'en suis certain!»

Monsieur Horibe m'a dit : «Alors, il t'a demandée en mariage? Ce n'est pas réaliste. Je connais bien sa famille. Il est aussi l'héritier d'une famille traditionnelle. Il est trop naïf.» Mais, monsieur Takahashi était sérieux. Après tant de réflexion, j'ai décidé de l'épouser, surtout pour Yukio. Comme ses riches parents s'opposaient à notre mariage, monsieur Takahashi les a quittés et a décidé de prendre un poste à la succursale de Nagasaki pour recommencer sa vie avec nous. Il ne m'a pas posé de questions sur mon passé et a adopté Yukio lors de notre mariage. Monsieur Horibe n'était pas content. Il m'a dit d'un ton fâché : «Adopté ou non, Yukio est toujours mon enfant. Je serai toujours auprès de lui quand il aura besoin de moi.»

AU DÉBUT DE L'ÉTÉ 1933, mon mari, Yukio et moi, nous nous sommes installés à Nagasaki. C'est l'année où le Japon s'est retiré de la Société des Nations.

Nous habitions dans un petit village de la vallée d'Uragami. Nous louions une maison jumelée. L'autre était occupée par le vieux couple de propriétaires. En fait, c'était à l'origine un seul bâtiment. Le couple l'avait aménagé pour louer la moité. Les structures de chacune étaient exactement symétriques. Ces deux maisons étaient les dernières situées à l'extrémité du village.

Devant nous coulait un ruisseau qui se jettait dans l'Uragami. Il y avait des saules pleureurs sur une vingtaine de mètres. De l'autre côté du ruisseau se trouvait un bois de bambou. C'était un endroit tellement paisible qu'on pouvait oublier ce qui se passait dans le reste du monde.

Mon mari organisait des sorties en famille. Nous allions à la rivière, à la mer, à la campagne. Nous visitions aussi des endroits historiques à Nagasaki. Le vieux couple de propriétaires nous disait : « Quelle bonne famille ! »

Le soir, nous nous promenions le long du ruisseau. Yukio s'amusait à attraper des lucioles. Je songeais à monsieur Horibe. Je le voyais jouer avec Yukio et Yukiko. Je l'avais quitté brusquement pour épouser son collègue. Je ne savais pas si c'était la bonne solution pour Yukio, mais je ne pouvais plus mener une vie si renfermée. Je souhaitais que mon fils oublie « Ojisan » et « son amie » le plus tôt possible. En fait, à Tokyo, j'avais donné à l'orphelinat toutes les choses que monsieur Horibe avait achetées à Yukio. Le seul objet, dont je n'ai pu me débarrasser, c'est le hamaguri que Yukio avait reçu de Yukiko avant de quitter Tokyo. À Nagasaki, je le cachais dans ma commode avec le journal de ma mère.

Mon mari chérissait Yukio. Il le présentait à ses collègues et aux gens autour de nous en disant : « C'est mon fils. » Il ne prononçait jamais le mot «adoptif». Il lui apprenait les sciences et faisait du sport avec lui. Avec le temps, Yukio s'est beaucoup attaché à son père adoptif.

Mon mari respectait toujours le fait que je n'étais pas sociable. Il n'invitait ses collègues chez nous que rarement, sauf une personne qui s'appelait monsieur Matsumoto. Lui et sa femme habitaient dans le même village que nous. Le couple n'avait pas d'enfants. Mon mari aimait jouer au shôgi avec lui. Ce collègue était poli et discret. Sa présence ne me dérangeait pas.

Je n'avais pas d'amies, mais j'ai fait la connaissance d'une villageoise qui s'appelait madame Shimamura. C'était une personne simple et sympathique, qui m'apprenait les coutumes du village. Il y avait des œuvres communes pour les femmes, auxquelles je devais participer. Madame Shimamura avait deux enfants, un garçon et une fille. Yukio jouait souvent avec sa fille, qui s'appelait Tamako. Ils avaient le même âge.

Le temps passait ainsi dans une douce tranquillité.

Ma vie avait complètement changé. La paix était toujours là. La sincérité et la gentillesse de mon mari m'accompagnaient. Néanmoins, j'avais peur qu'une telle vie ne puisse durer long-temps.

Le seul embarras pour moi, ce fut quand Yukio me posa des questions, soudain, sur «Ojisan» et «son amie» avec qui il avait joué. C'était le jour de son septième anniversaire. Il a eu l'intuition que c'étaient son vrai père et sa sœur. J'étais choquée, mais comme je ne pouvais plus garder le silence, j'ai tout avoué en exigeant qu'il ne le dise jamais à son père adoptif. J'ai répété : «Oublie cette histoire. Tout est fini entre eux et nous.» Yukio n'en a plus jamais parlé, mais j'étais certaine qu'il y pensait tout le temps et je me sentais coupable.

Neuf ans après notre arrivée, la femme du propriétaire est morte et le mari a déménagé dans un autre village où sa fille habitait. Sans voisins, notre vie est devenue plus tranquille.

AU PRINTEMPS DE 1943, mon mari a reçu l'ordre militaire d'aller six mois en Mandchourie. On lui demandait de travailler dans un hôpital pour faire des recherches sur des médicaments de guerre. Il a été étonné, car il était venu à Nagasaki en raison du manque de pharmacologues. Il ne comprenait pas pourquoi son siège social n'avait pas choisi quelqu'un de Tokyo à sa place. Mon mari m'a dit qu'un de ses collègues de Tokyo était déjà arrivé ici pour le remplacer.

Son départ m'inquiétait. La guerre devenait intense. On venait d'apprendre la nouvelle du *gyokusaï* d'une troupe dans l'île d'Attu. Ce n'était pas le moment de partir de l'intérieur du pays, surtout pour un territoire d'outre-mer. Mon mari aussi s'inquiétait pour nous, Yukio et moi. Si les Américains débarquaient au Japon, disait-il, ce serait au Kyushu, justement là où nous habitions. Il ne voulait certes pas nous laisser seuls. Nous n'avions pas de famille et nous demeurions dans un endroit isolé.

Un jour, il m'a dit, l'air soulagé :

— Le collègue de Tokyo va emménager avec sa famille dans la maison d'à côté. Ils sont maintenant installés au centre-ville.

J'ai demandé :

— Qui ça ?

— Tu ne le connais pas. En fait, c'était aussi un de mes amis à l'université à Tokyo. Il s'appelle monsieur Horibe.

«Quoi ? Monsieur... monsieur Horibe ?» Je n'en croyais pas mes oreilles. «Ce n'est pas vrai...» J'étais bouleversée. Sans remarquer mon trouble, mon mari a continué :

— C'est un type unique parmi mes collègues. Il parle plusieurs langues et joue très bien du piano et du violon. Il a fait plusieurs voyages à l'étranger. Quand il était encore jeune, il avait beaucoup de succès auprès des filles. Évidemment, son mariage a déçu les femmes autour de lui.

Mon sang s'est glacé. Je suis restée sans rien dire. Je faisais tout mon

possible pour garder mon calme,
comme si je n'avais jamais connu ce
type. Mon mari a dit :

— Lui et sa femme ont une fille qui
s'appelle Yukiko. Je crois qu'elle a le
même âge que Yukio.

Je voulais m'enfuir quelque part, loin
d'ici. Je lui ai demandé :

— Pourrions-nous, Yukio et moi,
t'accompagner en Mandchourie ?

— Non, a-t-il dit. Je ne serai là-bas
que six mois. Sois patiente !

J'ai tenté de me rassurer :

— Ton collègue et sa famille vont
retourner à Tokyo dès ton retour, n'est-
ce pas ?

— Je crois que oui, a-t-il répondu.

Je me taisais en pensant : «Le vrai
père de Yukio va devenir notre voisin.
Quelle catastrophe ! Comment puis-je
me tirer d'une situation aussi embar-
rassante ?»

Mon mari a dit :

— J'espère que tu t'entendras bien
avec madame Horibe. C'est une personne qui aime s'occuper des autres.

Je n'ai pas répondu. Il a ajouté :

— Entre nous, mon collègue a une
maîtresse et un enfant à Tokyo.

J'étais sur le point de m'évanouir.

C'était aussi la saison des lucioles. Le jour de l'emménagement de la famille Horibe est finalement arrivé. Un mois plus tard, mon mari est parti en Mandchourie en me laissant un conseil : «Si tu as des problèmes, surtout au sujet de Yukio, n'hésite pas à consulter monsieur Matsumoto ou monsieur Horibe.»

MA VIE TRANQUILLE, qui avait duré dix ans, s'est complètement écroulée. Je ne pouvais plus jamais garder mon calme et je ne savais comment réagir devant la famille Horibe. J'évitais de les voir autant que possible. Heureusement, monsieur Horibe semblait très occupé par son travail et je n'avais même pas l'occasion de l'apercevoir. Cependant, madame Horibe s'est mise à venir chez nous pour obtenir des informations sur le village. Comme je ne pouvais refuser, j'essayais de l'aider. Ce qui me dérangeait beaucoup, c'était son bavardage et sa vantardise. Dès sa première visite, elle a parlé sans arrêt :

— Mon père est un médecin bien connu à Tokyo. Ma mère est professeur de musique au collège pour filles.

Mon oncle est juge. À Nagasaki, j'ai une cousine dont le mari est chirurgien dans l'armée...

Ensuite, elle a commencé à me poser des questions sur mon passé en apprenant que j'étais aussi originaire de Tokyo. J'étais terrorisée à l'idée qu'elle pourrait avoir des doutes sur moi. Elle m'a demandé: «Dans quel quartier êtes-vous née?» «Quelle école fréquentiez-vous?» «Qu'est-ce que votre père fait?» etc. Je ne voulais pas révéler le nom de l'endroit de ma naissance, qui était l'un des plus pauvres de Tokyo. Je n'étais pas allée à l'école. Je n'avais pas de père. J'étais enfant naturelle. Alors, je ne donnais à madame Horibe que de vagues réponses. Elle me regardait avec méfiance.

Ce n'était pas facile de l'éviter tout en étant sa seule voisine. Quand elle s'absentait de son domicile, j'étais soulagée, comme son mari. Il me semblait qu'elle allait souvent chez sa cousine du centre-ville. Pourtant, ma tranquillité éphémère a été bientôt dérangée. Un jour, elle m'a dit:

— Madame Takahashi, j'ai appris que ma cousine connaît les parents de votre mari à Tokyo. Le monde est vraiment petit!

J'ai eu un choc au cœur. Elle a ajouté,
d'un ton ironique :

— Vous avez de la chance d'être la
femme d'un homme de bonne souche
comme monsieur Takahashi.

Il était sûr qu'elle avait aussi appris
que j'étais orpheline et que Yukio était
enfant naturel. Cela m'a terrifiée, je
craignais que la cousine de madame
Horibe sache la vérité : j'avais été la
maîtresse de monsieur Horibe et Yukio
était son fils. Si madame Horibe décou-
vrait cette vérité, ce serait vraiment une
catastrophe. En fait, j'étais tracassée par
le cauchemar que madame Horibe ne
m'accable d'injures, hystérique.

Madame Horibe m'apportait de
temps en temps des biscuits et du cho-
colat envoyés par ses parents ou des
légumes que les beaux-parents de sa
cousine lui avaient fournis. Yukio était
ravi. Les sucreries étaient si difficiles
à obtenir. Il croyait simplement que
notre voisine était généreuse. Mais en
réalité, elle voulait bavarder avec moi,
même si elle méprisait mon passé. Elle
ne se faisait pas d'amies à Nagasaki et
médisait facilement : « Je ne comprends
pas le dialecte de ces péquenots et je
ne veux pas m'habituer à une langue
aussi laide. Je voudrais bien retourner
à Tokyo le plus tôt possible. De toute

façon, mon mari est venu ici vérifier la qualité des recherches de la succursale. Si tout va bien, on n'aura pas besoin d'attendre le retour de votre mari.»

Après les indiscrétions de madame Horibe, un autre souci m'est arrivé. Yukio s'est mis à fréquenter les voisins! «Maman, monsieur Horibe m'a invité à jouer au *go*.» «Maman, monsieur Horibe m'emmènera demain à son laboratoire pour me montrer les instructions.» «Maman, monsieur Horibe m'a prêté des livres scientifiques.» J'étais mal à l'aise en l'écoutant prononcer «monsieur Horibe». Je ne voulais pas que Yukio devienne trop intime avec lui, mais j'étais incapable de limiter ses visites. Je ne faisais qu'être patiente en me répétant: «Six mois seront vite passés.»

Quant à Yukiko, Yukio n'en parlait pas. Il m'a dit une fois qu'elle lui semblait un peu bourrue. Je ne les avais jamais vus ensemble. Pour moi, c'était une fille polie et discrète. Son regard restait toujours limpide. À la différence de sa mère, elle n'était pas du tout bavarde. Je remarquais qu'elle était très attachée à son père. Il m'arrivait de les voir se parler joyeusement. Je trouvais que leurs traits se ressemblaient plus qu'autrefois. «Papa! Attends-moi.» Sa voix tendre me rappelait l'époque où Yukio jouait avec elle au parc. Il me disait : « Elle est gentille. Je l'aime beaucoup ! » Elle avait quatorze ans comme Yukio. Honnêtement, j'ai été émue quand je l'ai revue après une si longue absence. Je me demandais si elle se souvenait encore du hamaguri qu'elle avait donné à « son ami » de Tokyo.

Je sentais mon cœur se serrer, je pensais à Yukio, qui ne savait pas que monsieur Horibe et Yukiko étaient les mêmes personnes que « Ojisan » et « son amie » de Tokyo.

C'ÉTAIT LA FIN DE L'ÉTÉ. Trois mois avaient passé depuis le départ de mon mari.

Un matin, je balayais devant la maison. C'était tranquille. Tout le monde était sorti: Yukio et Yukiko étaient allés à l'école, monsieur Horibe au travail. Quant à madame Horibe, elle venait de partir au centre-ville faire des courses et voir sa cousine. Je ne m'intéressais pas à sa vie privée, mais chaque fois qu'elle s'absentait de son domicile, elle me disait où elle allait et quand elle serait de retour, en me demandant de l'informer si j'apercevais des inconnus. Elle pensait qu'il y avait des voleurs dans le village. «Nous sommes toujours *yosomono*. Il faut faire attention», disait-elle. Je ne le croyais pas. Je n'avais jamais eu de problèmes. J'étais contente de ses absences.

Je suis entrée dans la maison. Alors que je nettoyais la cuisine, j'ai entendu quelqu'un frapper à la porte. Je suis descendue à l'entrée. C'était monsieur Horibe! Décontenancée, je suis restée muette quelques instants. Il me regardait fixement. J'ai bégayé:

— Vous n'êtes pas allé au laboratoire?

C'était la première fois que je parlais avec lui depuis son emménagement.

— J'y vais cet après-midi, a-t-il dit.

Je me suis inclinée:

— Je vous remercie de votre générosité pour mon fils.

Il a répondu:

— Ne fais pas tant de façons avec moi, c'est mon fils aussi!

Je me taisais. Il m'a tendu un bocal dans lequel se trouvaient des feuilles. J'ai regardé son visage. Il a souri:

— C'est pour toi. Hier soir, j'ai attrapé une luciole au bord du ruisseau. L'été est presque fini. Ce sera l'une des dernières.

J'ai été surprise de son geste, qui m'a rappelé la première fois qu'il était venu chez moi, à Tokyo. J'ai dit:

— Merci, mais j'ai beaucoup de choses à faire ce matin. Je dois m'excuser.

J'ai tenté de fermer la porte. Brusquement, il m'a prise par les bras et

m'a poussée à l'intérieur. Ébranlée, j'ai
crié d'une voix basse:

— Lâchez-moi!

Il a retiré ses mains.

— Écoute, a-t-il dit, je veux te dire
une chose au sujet de notre passé.

J'ai répondu aussitôt:

— Ne vous inquiétez pas. Personne
n'est au courant.

— Ce n'est pas ça, Mariko!

— Alors, qu'est-ce que vous allez
me dire?

— Je regrette vraiment mon mariage.
Après ton départ pour Nagasaki, je
me suis rendu compte combien je
t'aimais.

J'étais stupéfaite:

— Qu'est-ce que vous me racontez
maintenant?

Il n'a pas répondu. Soudain, il a ver-
rouillé la porte. J'étais paniquée:

— Vous n'avez pas le droit. C'est ma
maison!

J'ai essayé de tirer le verrou. Monsieur
Horibe a saisi ma main et m'a serrée
aussitôt contre son cœur, très fort. Je
me suis débattue en répétant:

— Lâchez-moi!

Mais cette fois, il n'a pas retiré ses
bras. Épuisée, je me suis résignée.
J'étais éberluée de son comportement
si agressif. Il se taisait. Coincée dans

ses bras, je sentais une légère odeur de
médicament sur sa chemise d'été. Il a
dit :

— Tu m'as beaucoup manqué !

Tout à coup, il s'est mis à m'embrasser comme un fou. J'ai vu ses yeux
se mouiller de larmes. Désorientée,
je restais immobile. Il a déboutonné
ma chemise et caressé mes seins. Il
m'a complètement déshabillée et s'est
exclamé :

— Ah, quelle beauté, ta peau est
toujours aussi soyeuse ! Ton corps
m'appartient !

Il m'a fait allonger sur les tatamis. Je
fermais les yeux. Ses doigts frôlaient
mes seins, mon ventre, mes jambes...
Il faisait les mêmes gestes qu'autrefois.
Mon corps s'est mis à réagir au mou-
vement de ses doigts. Il m'a demandé
d'un ton très doux :

— S'il te plaît, laisse-moi toucher ton
corps jusqu'à ce que ton mari revienne.
Je retournerai à Tokyo dans trois mois,
comme tu sais. Après, je ne te déran-
gerai plus.

Ainsi, notre liaison a recommencé
après dix ans d'interruption.

Bien sûr, j'avais mauvaise consience
en pensant à mon mari, qui était sincère

avec moi et qui devait demeurer dans un
endroit si éloigné pour rendre service à
l'armée. Je savais que je regretterais ce
que je faisais dans son dos. Pourtant,
j'avais succombé au désir de monsieur
Horibe, qui connaissait mon corps
mieux que personne. En voyant ses
larmes, j'ai cru qu'il m'aimait toujours.
Je me suis convaincue que ce serait
vraiment la dernière fois entre nous.

Six mois ont passé sans que mon mari revienne à Nagasaki. Il m'a écrit une nouvelle inattendue : il devait rester là-bas plus longtemps que prévu et il ne savait pas exactement quand sa mission se terminerait. Confuse, j'ai parlé de ce changement à monsieur Horibe. Il a répondu simplement : « C'est encore un ordre de l'armée. Il doit obéir. »

Des mois se sont écoulés depuis. Nous sommes entrés dans l'année 1945. La guerre devenait intense. La bataille tournait partout au désavantage du Japon. Il n'y avait plus d'études à l'école. Yukio et Yukiko devaient travailler à l'usine réquisitionnée par l'armée.

Au mois de février, je n'ai pas reçu de lettres de mon mari. Cela m'inquiétait, car il m'avait écrit à toutes les deux semaines, sans exception. Au début du mois de mars, le laboratoire de Nagasaki m'a appris une nouvelle éprouvante : «Votre mari a disparu.» J'étais troublée. «Disparu? Comment ça?» Puis une rumeur a couru, selon laquelle mon mari aurait pris part aux activités du Parti communiste. Je n'en croyais pas mes oreilles.

Désespérée, j'ai demandé à monsieur Horibe ce que je devrais faire. Il a dit : «Ne t'inquiète pas. Je connais quelqu'un d'important à l'hôpital où ton mari était. Je vais communiquer avec lui. Au moins, on connaîtra la vérité.»

Un soir, madame Horibe est venue chez moi. Son regard était anxieux. J'ai cru un moment qu'elle avait appris la liaison entre son mari et moi. Elle a dit : «Yukio a été convoqué à la police cet après-midi.» J'ai été ébranlée. Elle m'a expliqué que quelqu'un de son usine l'avait dénoncé à la police en disant qu'il était membre du Parti communiste, comme son père. J'ai crié : «C'est impossible!» «Je le sais, a-t-elle dit. En tout cas, mon mari est allé le chercher parce que Yukio avait donné à l'agent de police le numéro du laboratoire et le nom de mon mari. Ne vous inquiétez pas. Mon mari est respecté par l'autorité d'ici. Votre fils reviendra bientôt avec lui.»

Le salaire de mon mari a été saisi.
J'étais paniquée. Il fallait payer le loyer
et la nourriture. Je ne pouvais pas
compter longtemps sur notre dépôt. Je
devais chercher un emploi immédiatement. «Qu'est-ce que je peux faire?»
Je n'avais jamais travaillé à l'extérieur
après mon mariage. Je ne pensais qu'à
la couture. Alors j'ai proposé mes ser-
vices à plusieurs usines de fabrication
de vêtements militaires. Malheureuse-
ment, les emplois étaient tous occupés
par des jeunes étudiantes.

Quelques semaines ont passé sans
aucun progrès. Très déprimée, je suis
allée à la banque retirer de l'argent
et je me suis rendue chez le propriétaire de notre maison. À ma surprise,
il m'a dit: «Votre loyer est déjà payé.»
Je n'ai pas compris. Il m'a expliqué
que c'était monsieur Horibe qui l'avait
fait en disant: «Monsieur Takahashi
est mon collègue et mon ami. Je voudrais effectuer le paiement à sa place
jusqu'à ce qu'il revienne.» Cela m'a
étonnée. Le propriétaire s'est exclamé:
«Quel homme généreux! Vous avez
de la chance, madame Takahashi!» Et
quand je suis rentrée à la maison, j'ai
trouvé devant la porte un gros paquet.
L'expéditeur était l'une des usines où
j'étais allée chercher un emploi. Il y

avait dedans des manches et des corps
de chemises pour hommes, avec un
exemple de fini. Il s'agissait d'un travail de sous-traitance. J'ai cru tout
de suite que monsieur Horibe avait
arrangé aussi cette affaire. Lorsque je
l'ai remercié sincèrement, il m'a dit :
« Ce n'est rien. Au besoin, je suis toujours prêt à t'aider. » J'ai été émue. Il a
ajouté : « Mariko, tutoie-moi à partir de
maintenant. »

Les jours passaient, j'étais toujours
sans nouvelles de mon mari.

NOUS ÉTIONS au mois d'avril.
Les Américains avaient débarqué sur l'île d'Okinawa. Les troupes de la garde japonaise avaient fait gyokusaï. À Nagasaki, l'alerte s'est mise à retentir. Des chasseurs ennemis faisaient des tours au-dessus de la ville. Et un jour, un dock de chantier a été attaqué. En revenant de l'usine, Yukio m'a appris une terrible rumeur : «Du cyanure de potassium circule dans la ville. C'est pour se suicider avant d'être capturé par les Américains.»

Malgré tout, notre village isolé restait toujours tranquille. La liaison avec monsieur Horibe continuait. Cela se passait tout le temps dans la matinée. Il arrangeait nos rencontres en envoyant sa femme au centre-ville faire des courses. De toute façon, madame Horibe était occupée à aider

sa cousine, dont les beaux-parents
étaient malades et dont le mari chirurgien avait été muté à Taïwan. Monsieur
Horibe ne venait pas chez moi par la
porte principale mais par le petit trou
qu'il avait fait dans le mur mitoyen
des *oshiires*. Il passait une heure avec
moi avant d'aller à son laboratoire. J'ai
commencé enfin à le tutoyer comme il
me l'avait demandé.

Je continuais à coudre pour gagner
de l'argent. En fin de semaine, quelqu'un de l'usine venait chez moi chercher les vêtements que j'avais terminés.
Un jour, j'ai reçu la visite de madame
Shimamura, que je n'avais pas vue
depuis longtemps. Elle n'habitait plus
dans le même village que moi. À ma
surprise, elle travaillait aussi pour cette
usine. Je l'ai invitée à prendre le thé.
Elle m'a appris la triste nouvelle à
propos de son fils : il avait été capturé
à Saïpan par les Américains et il était
mort là-bas. On ne connaissait pas la
vraie cause de sa mort, a-t-elle dit, mais
des gens blâmaient sa famille en disant
qu'il aurait dû se suicider avant d'être
capturé, que sa mort était une honte.
J'avais beaucoup de compassion pour
sa famille. Madame Shimamura a parlé
aussi de sa fille Tamako, qui était
devenue ouvrière.

Elle m'a dit, l'air content :

— Tamako s'est fait une nouvelle amie, qui est venue de Tokyo. Elle s'appelle Yukiko Horibe.

Je ne savais pas que Yukiko et Tamako travaillaient dans la même usine. J'ai dit :

— C'est la fille de mes voisins...

— C'est vrai ? Alors, vous la connaissez bien !

— Oui...

Madame Shimamura a dit :

— Selon ma fille, Yukiko est une élève du collège N. C'est une école très sélective. Elle doit être intelligente.

— En effet...

J'en ai dit le moins possible. Je ne voulais pas parler avec elle de la famille Horibe. Néanmoins, elle a poursuivi :

— Son père, que fait-il ?

— Quel père ?

J'étais désorientée. Elle a souri :

— Le père de Yukiko, bien sûr !

J'ai détourné les yeux :

— C'est un pharmacologue, comme mon mari.

— Lui aussi ? Quelle coïncidence !

Je me taisais. Elle a continué à parler de sa fille. Lorsqu'elle a fini son thé, elle m'a montré un petit paquet de papier blanc plié.

— Voilà du cyanure de potassium!
a-t-elle dit.

— Quoi?

Un moment, j'ai pensé que c'était
une plaisanterie. Elle a dit:

— Les Américains débarqueront
bientôt au Kyushu. Il faut être prêt. Je
regrette que mon fils n'en ait pas eu sur
lui quand il a été capturé.

Elle a posé le paquet de poison
devant moi. Elle a dit en me regardant
dans les yeux:

— C'est pour toi!

Je n'ai pas osé le refuser car elle était
vraiment sérieuse.

Elle est partie en emportant une boîte
remplie des vêtements que je venais de
coudre. La rumeur dont Yukio m'avait
parlé était fondée. Je ne savais où
cacher ce poison. J'ai fini par le mettre
dans la boîte de bois où je gardais le
hamaguri de Yukio.

UN SOIR, je me promenais seule le long du ruisseau. C'était la pleine lune du début de l'été. Je me suis assise sur un rondin laissé à côté du chemin. Quand j'ai aperçu des lucioles voler au-dessus de l'eau, je suis descendue en bas, tout près de la rive.

En regardant ces insectes, je pensais à mon mari, qui avait disparu en Mandchourie. «Où est-il maintenant?» J'ai vu son image souriante. Un sentiment de culpabilité et de nostalgie m'a envahie en serrant mon cœur. Je me sentais confuse de ce que je faisais : en croyant toujours au retour de mon mari, je continuais indéfiniment la liaison avec son collègue.

— Tu es trop naïve, Tamako!

Tout à coup, j'ai entendu une voix de fille provenant du chemin plus haut. Je

me suis rendu compte que c'était celle
de Yukiko. Elle marchait avec la fille de
madame Shimamura. Un moment de
silence. Il me semblait qu'elles s'étaient
assises sur le rondin.

Yukiko a dit:

— Laisse tout tomber maintenant,
avant qu'il ne soit trop tard. D'ailleurs,
tu n'as que seize ans!

Tamako a répondu:

— Ce n'est pas possible!

J'écoutais, curieuse de savoir de
quoi elles parlaient. J'ai tendu l'oreille.
Yukiko a dit:

— Tu dois être réaliste.

— Qu'est-ce que ça veut dire, réaliste?

— Qui tient compte du réel.

Tamako se taisait. Yukiko a continué, la voix claire:

— Réfléchis bien! Il est marié et il
a même des enfants. Je ne pense pas
qu'il quitte sa famille facilement.

J'étais sous le choc. C'était comme si
Yukiko avait critiqué ma relation avec
son père.

Tamako a répliqué:

— Mais il me dit qu'il ne supporte
plus sa femme et qu'il divorcera tôt ou
tard. Il est sérieux.

— Je ne le crois pas du tout. Tout
d'abord, il n'a pas l'air sincère.

Tamako a élevé la voix :

— Tu es méchante, Yukiko ! Il m'aime et a besoin de moi. C'est sûr !

— Quel besoin ? Si tu tombes enceinte, ça te causera beaucoup de soucis.

Je tremblais en écoutant les paroles de Yukiko. Je revoyais ma situation d'autrefois où j'avais été aveuglément amoureuse de son père. J'avais aussi seize ans. Tamako s'est mise à pleurer. Yukiko a continué :

— N'oublie pas qu'il est ton supérieur. Il abuse de son pouvoir. En plus, il a choisi une fille jeune et naïve comme toi pour satisfaire ses besoins. Quel ignoble individu !

Tamako a poussé des sanglots. Elle a répété : « Tu es méchante, Yukiko. » Yukiko a dit d'un ton fâché :

— Écoute, tu m'as demandé conseil et je t'ai dit ce qui vaudrait le mieux pour toi. Si ça ne te plaît pas, demande à quelqu'un d'autre !

Tamako n'a pas répondu. Le silence s'est fait. J'ai vu une volée de lucioles traverser le ruisseau. Yukiko a crié :

— Des lucioles !

J'avais peur qu'elles ne descendent. Il serait embarrassant pour elles de savoir que quelqu'un avait écouté leur conversation. Heureusement, elles ne se sont pas déplacées.

— Ho... ho... hotaru koï...

Yukiko a commencé à chanter. Je l'écoutais, distraite. Dans ma tête, mon mari me disait : «Mariko, je reviendrai bientôt. Tiens bon!» Ma vue était brouillée par les larmes.

Yukiko a dit :

— Je crois que cette chanson a été créée par un homme pour séduire des femmes.

Tamako a ri enfin :

— Ce n'est pas vrai! C'est une chanson pour enfants.

Yukiko a dit :

— Nous sommes encore jeunes. Il faut prendre garde de ne pas tomber dans l'eau sucrée.

Tamako a répondu, calme :

— Tu as raison. J'y réfléchirai.

Elles ont quitté l'endroit, le bruit de leurs pas s'est éloigné peu à peu. Dans le silence total, je pleurais en étouffant mes sanglots.

Yukio a été invité un jour à dîner par monsieur Matsumoto, qui était venu chez nous jouer au shôgi avec mon mari. Il habitait avec sa femme à l'entrée du village. Leur maison était située devant l'arrêt d'autobus. Ils ont proposé à Yukio de passer la nuit chez eux, car ce serait plus simple pour aller à l'usine le lendemain. Ainsi, Yukio n'avait pas besoin de se lever tôt. Il a accepté l'invitation avec plaisir.

Ce soir-là, madame Horibe était allée au centre-ville voir sa cousine. Monsieur Horibe est venu chez moi par le trou du mur mitoyen. Il a dit que Yukiko dormait dans sa chambre. J'avais peur qu'elle ne se réveille.

Dès qu'il m'a vue, il m'a embrassée. Je suis restée passive. Les yeux fermés, je songeais à la conversation entre Yukiko et Tamako. «Tu es trop naïve,

Tamako!» La voix claire de Yukiko résonnait encore dans ma tête.

Monsieur Horibe m'a dit :

— Il faut chercher un endroit pour nous rencontrer.

J'ai répondu avec hésitation :

— Laisse-moi réfléchir. Je suis confuse. Il vaut mieux arrêter...

Étonné, il m'a regardée un moment, mais il a tout de suite tenté de me convaincre :

— Je ne pourrais pas vivre sans toi. J'ai besoin de toi ! Je m'occuperai de vous, Yukio et toi. Oublie ton mari, il ne reviendra jamais.

Il m'embrassait dans l'oreille. Sa langue chaude bougeait sur ma nuque. Mon corps a frissonné. Je me suis jetée de côté et j'ai osé dire :

— Alors, tu divorceras de ta femme, n'est-ce pas ?

Il a répondu sans me regarder :

— Comme tu le sais, ce mariage n'est rien. Le divorce ne changera donc rien entre toi et moi.

Je me taisais. Je songeais à Tamako, qui pleurait en écoutant le conseil de Yukiko.

Monsieur Horibe a continué de m'embrasser. Je restais toujours passive, le laissant me déshabiller. Je ne savais plus si je l'aimais ou non.

Une heure plus tard, il m'a quittée
en disant :

— Je reviendrai aussi dans la nuit de
demain. Mon collègue Matsumoto m'a
demandé de te transmettre un message :
Yukio passera une autre nuit chez lui.

Le lendemain, j'ai été déprimée
toute la journée, mon travail n'avançait
pas bien. Je réfléchissais constamment.
À la fin, j'étais décidée à rompre avec
monsieur Horibe. Je pensais à la première conséquence : je devrais démé-
nager. « Comment pourrais-je expliquer
cela à Yukio ? » Nous habitions ce
quartier parce que c'était l'un des plus
sûrs à Nagasaki. Je pensais à une autre
conséquence, plus lourde encore : je
devrais gagner assez d'argent pour
payer le loyer de la nouvelle maison.

Cette nuit-là, monsieur Horibe est
revenu. J'ai refusé aussitôt qu'il me
touche. J'ai dit sérieusement :

— Je veux mettre fin à notre relation.
J'aime mon mari. Je me sens honteuse
de ce que je fais dans son dos.

Il m'a répondu, très calme :

— On ne sait pas si ton mari va
revenir ou non. Il se peut qu'il soit déjà
mort. Tu as besoin de moi, surtout pour
Yukio, notre fils. Tu dois penser à son

avenir. C'est un garçon intelligent, qui mérite d'être bien instruit, mais tu n'es pas capable de lui assurer cela toute seule.

— Je travaillerai fort et Yukio aussi. Et quoi qu'on dise, j'attends toujours le retour de mon mari.

C'est alors qu'il m'a avoué quelque chose de terrible : il s'était arrangé pour faire muter mon mari en Mandchourie et même faire reporter son retour. En fait, c'était à lui qu'on avait demandé d'y aller. Il m'a dit que c'était logique pour lui de rester à Nagasaki, car il était le père des enfants. «Cependant, a-t-il ajouté, la disparition de ton mari n'a rien à voir avec moi. Il a dû être déporté par des Chinois ou par des Russes. J'ai appris qu'à l'époque il était allé se promener tout près de la frontière, seul. S'il revient un jour, ce sera un miracle!» J'ai insisté : «Mon mari reviendra vivant!» Il a dit avec froideur : «S'il revient, je lui dirai que Yukio est mon fils.» J'ai crié : «Tu es fou!» Il m'a quittée en disant : «Sois raisonnable avec moi. C'est pour ton bien!»

LE LENDEMAIN, je suis restée toute la journée au lit. J'avais de la fièvre. Je n'avais même pas la force de manger.

Les yeux fermés, je songeais aux paroles de monsieur Horibe. Je n'avais jamais imaginé qu'il puisse faire une telle chose à mon mari. J'avais tout le temps cru qu'il était venu à Nagasaki le remplacer. Quand il m'avait aidée en payant le loyer et en me trouvant du travail, je l'avais remercié de sa générosité. «Tu es naïve, Tamako!» La voix de Yukiko résonnait dans ma tête.

Ce soir-là, Yukio n'est pas rentré à la maison à l'heure habituelle. J'ai cru qu'il devait passer d'abord chez monsieur Matsumoto. Quand il a fait noir, je suis sortie me promener, en pensant peut-être voir Yukio en chemin.

J'ai marché jusqu'à l'endroit où j'avais entendu la conversation entre Yukiko et Tamako. Je me suis assise sur le rondin et j'ai attendu l'arrivée de mon fils, qui tardait toujours. Il faisait un beau clair de lune comme l'autre soir. Je suis descendue au bord du ruisseau. J'entendais le doux bruit de l'eau. Je voyais une luciole émettre de la lumière dans une touffe d'herbe. Je me suis assise sur une pierre. En fixant mon regard sur la surface de l'eau, je pensais distraitement : « Si l'eau était assez profonde, je pourrais me jetter dedans... »

La voix de Yukio s'est fait entendre. Je me suis levée en me demandant avec qui il parlait. C'étaient monsieur Matsumoto et sa femme. Je voulais les saluer, mais je n'en avais pas le courage. Je suis demeurée au bord de l'eau, en contrebas. Leurs pas s'approchaient de plus en plus. Quand ils sont arrivés près du rondin, Yukio leur a dit :

— Merci beaucoup ! Bonne nuit !

Ils ont dit :

— Bonne nuit, Yukio !

J'attendais qu'ils partent. Madame Matsumoto s'est exclamée :

— Regarde, mon chéri ! Il y a des lucioles !

Ils n'ont pas bougé. Il me semblait
qu'ils s'étaient assis sur le rondin.
Madame Matsumoto a dit :

— C'est un bon garçon !

Monsieur Matsumoto a répondu :

— Oui, tout à fait. Pauvre Yukio,
on ne sait pas encore où se trouve son
père maintenant. J'espère que monsieur
Takahashi est toujours vivant.

— Ça doit être difficile pour madame
Takahashi. On peut l'aider en invitant
Yukio chez nous. Je crois que ton collègue monsieur Horibe et sa femme
l'aident aussi.

Les deux se sont tus quelques instants. Madame Matsumoto a continué :

— Nos voisines me disent que monsieur Horibe a l'air séduisant. Il doit
plaire à beaucoup de femmes !

Monsieur Matsumoto a répondu :

— Ça ne m'étonne pas. En fait, il a une
maîtresse à Tokyo, avec qui il a un fils.

— Vraiment ? Madame Horibe le sait-
elle ?

— Je crois que non.

— Mon Dieu... C'est terrible !

— Qu'est-ce qui est terrible ?

— Tout le monde connaît ce secret
sauf elle. Quelle humiliation ! Tu sais
bien que mon père avait une maîtresse et que ma mère était au courant.
Quand la maîtresse a eu un enfant de

mon père, ma mère a même dit à mon père de donner son nom de famille au bébé, en croyant que ce serait mieux pour son avenir.

Monsieur Matsumoto a dit :

— Chacun réagit différemment. Je ne pense pas que madame Horibe accepterait cette situation, comme ta mère l'a fait. C'est une personne orgueilleuse. Elle divorcerait tout de suite si elle l'apprenait.

Je les écoutais en tremblant. Je voyais l'image de madame Horibe, hystérique, injuriant son mari. Monsieur Matsumoto a poursuivi :

— Entre nous, je viens d'apprendre une autre histoire sur monsieur Horibe.

— Quoi donc ?

— Il y a quelques années, à Tokyo, il a séduit une jeune employée. Elle est bientôt tombée enceinte.

J'ai été frappée de stupeur. « Quoi ? Il a répété ce qu'il m'avait fait ? » Madame Matsumoto a dit :

— C'est vrai ? Alors, elle est devenue sa deuxième maîtresse ?

— Non, elle s'est suicidée. Son bébé est mort aussi. Elle n'avait que dix-sept ans.

« Mon Dieu... » J'ai failli m'évanouir. Madame Matsumoto a crié :

— Pauvre fille ! Monsieur Horibe a abusé de son pouvoir !

— En effet.

Ébranlée, je ne pouvais plus les écouter. Quelques minutes plus tard, ils ont quitté l'endroit en parlant. Une luciole est passée devant moi. Soudain, j'ai été en proie à une violente colère. J'ai haï monsieur Horibe à mort. J'ai même eu des intentions meurtrières. En regardant la luciole, je me suis rappelé le cyanure de potassium que la mère de Tamako m'avait donné.

NAGASAKI a été bombardée deux fois vers la fin du mois de juillet. La cible était des chantiers navals. Le tramway a été coupé. J'ai supplié Yukio de ne pas aller à l'usine, car il était encore étudiant. Il a refusé : «Il le faut. Sinon, on m'accuserait d'être communiste, comme mon père. Je n'ai pas le choix.»

La troisième attaque s'est produite le premier août. Le lendemain, j'ai appris une triste nouvelle par madame Horibe : «La fille de madame Shimamura a été tuée lors du bombardement. Elle se rendait au bureau du centre-ville. Son chef de l'usine lui avait ordonné d'y apporter des documents.» La voix de Tamako m'est revenue en mémoire. Je me suis demandé si elle avait pu mettre fin à sa relation avec son supérieur. Mon cœur était déchiré.

Madame Horibe a dit: «Je ne veux vraiment pas que ma fille aille à l'usine, mais elle ne m'écoute pas. Elle est partie tôt ce matin.» Madame Horibe avait l'air de vouloir continuer à parler avec moi. J'ai dit: «Excuse-moi, mais je dois travailler maintenant.» Elle a insisté: «Vous n'êtes pas au courant de la nouvelle à propos de l'usine de vêtements pour laquelle vous travaillez?» Je n'ai pas compris de quoi il s'agissait. Elle a expliqué que la compagnie sidérurgique de M. avait été bombardée la veille et que l'usine d'à côté avait aussi été détruite. Je suis devenue toute pâle, sur le point de pleurer. Madame Horibe a réfléchi un instant et dit: «À propos, ma cousine connaît un couple de fermiers qui voudraient échanger du riz contre des robes occidentales. Ça vous intéresse? Je me souviens que vous en avez plusieurs.» J'ai accepté la proposition, en hésitant. Elle a souri: «Venez chez ma cousine la semaine prochaine. Je serai déjà là-bas.» Elle a écrit sur une feuille de papier la date et l'adresse de sa cousine. «Le jeudi 9 août, à neuf heures et demie, 2-3-2, S-machi.» Elle a ajouté que c'était une grande maison entourée de pins que tous les gens du quartier connaissaient.

C'était le lundi 6. Le soir, Yukio s'est écrié en arrivant : «Maman! C'est horrible! Hiroshima a été attaquée ce matin par une bombe très puissante, comme personne n'en a jamais vu avant. Toute la ville s'est enflammée et presque tout le monde a péri en même temps!»

C'ÉTAIT LA VEILLE du jour du voyage à la campagne avec madame Horibe. J'étais seule à la maison. Yukio était allé chez monsieur Matsumoto. Le lendemain, il devait se rendre directement à l'hôpital universitaire. Il aidait monsieur Matsumoto à chercher des livres à la bibliothèque médicale.

Cette nuit-là, je craignais que monsieur Horibe ne vienne chez moi, sa femme n'était pas à la maison. Elle était déjà partie ce matin-là chez sa cousine. Avant de me coucher, j'ai placé des boîtes remplies de livres contre le mur où se trouvait le trou. Yukiko devait être dans sa chambre. J'ai cru que son père n'oserait pas faire de bruit en poussant l'obstacle.

J'avais de la difficulté à dormir. Je pensais à ma sortie avec madame Horibe. Je savais qu'elle bavarderait sans cesse et me poserait encore des questions sur ma vie privée. Je regrettais d'avoir accepté sa proposition, mais je devais y aller: j'avais besoin de riz.

Il était presque une heure du matin quand j'ai enfin réussi à m'endormir.

Dans l'obscurité, Yukiko et Tamako chantent: «Ho... ho... hotaru koï...» Tamako dit à Yukiko: «Tu as raison! J'ai décidé de rompre tout contact avec mon supérieur.» Yukio sourit: «Très bien!» Tamako traverse la rue en portant des documents de l'usine. Une bombe explose soudain. Elle tombe par terre, morte. Madame Shimamura crie au supérieur: «Vous avez tué ma fille! Pourquoi l'avez-vous envoyée au centre-ville dans des circonstances aussi dangereuses? Vous êtes fou!» Je regarde le corps de Tamako dans le cercueil. Yukiko me dit: «Madame Takahashi, vous devez être réaliste. Mon père abuse de son pouvoir. Ce n'est pas lui qui vous aime, mais votre mari.» Je me lève pour aller à la commode. Je tire le tiroir dans lequel je cache le cyanure de potassium. J'ouvre la boîte et regarde le petit paquet de poison posé sur le hamaguri. J'entends la voix de madame Shimamura: «Utilisez-le,

madame Takahashi!» Monsieur Horibe
me dit avec un sourire ironique: «Tu
as besoin de moi. Pense à l'avenir de
notre fils.» Je me dis: «Je veux le tuer.
Demain, oui, demain avant de rejoindre
sa femme...» Ma main tremble. Au
moment où je prends le paquet, mon
mari crie: «Mariko, n'y touche pas!»

L E LENDEMAIN, je me suis réveillée quand il faisait encore sombre. Le réveil indiquait cinq heures quinze. J'ai essayé de dormir un peu plus, au moins jusqu'à six heures et demie. Je comptais quitter la maison à sept heures et demie pour rejoindre madame Horibe. Je devais prendre l'autobus jusqu'au centre-ville, ensuite il me faudrait aller chez sa cousine à pied. Depuis le bombardement du 29 juillet, le tramway ne fonctionnait plus.

C'était tranquille. Au bout de quelques instants, j'ai entendu un bruit faible provenant de chez les voisins. C'était le bruit de la porte coulissante de l'entrée. Elle bougeait très lentement. Je me suis demandé : «Qui est-ce, si tôt le matin?» Monsieur Horibe et Yukiko ne quittaient la maison pour leur travail qu'après sept heures. J'ai eu peur un moment en pensant que c'était un voleur. Je me suis levée pour regarder dehors. Par l'espace des rideaux, j'ai vu Yukiko passer devant chez moi. Elle marchait d'un pas pressé. «Ce n'était pas un voleur.» J'étais soulagée, mais j'avais un sentiment étrange : «Où va-t-elle, à cette heure?» Je me suis recouchée.

À six heures et demie, je me suis relevée. J'ai préparé mon petit dé-jeuner. En mangeant, j'ai entendu, soudain, un bruit de verre se fracas-sant. Le bruit s'était produit dans la cuisine de l'autre côté, celle des voi-sins. Aussitôt, quelqu'un a frappé plu-sieurs fois le mur mitoyen, en criant : «Au secours!» C'était la voix de mon-sieur Horibe. «Qu'est-ce qui se passe?» Et tout à coup, le silence est revenu. J'avais peur. Je suis restée immobile, longtemps. J'ai enfin décidé de me rendre chez les voisins.

La porte n'était pas fermée à clé.

— Il y a quelqu'un?

Ma voix tremblait. Personne n'a répondu. Je suis montée craintivement et je me suis dirigée vers la cuisine. Dès que j'y suis arrivée, mon sang s'est glacé d'effroi : monsieur Horibe était allongé sur le plancher. De sa bouche

à demi-fermée coulait un liquide blanc.
Ses yeux étaient ouverts. «Il est mort!»
Des morceaux de verre étaient éparpillés autour de lui. J'ai remarqué tout
de suite une boîte de médicaments sur
l'évier. À côté, un papier en cellophane
était déplié. «Il a dû prendre un médicament empoisonné!»

Je suis entrée dans la chambre en
face de la cuisine. Il y avait une commode sur laquelle des articles de
maquillage étaient posés. Tout était
arrangé proprement. Je suis allée à la
pièce d'à côté, où j'ai vu un costume
marin d'école laissé sur le dos d'une
chaise. C'était la chambre de Yukiko. Il
n'y avait rien d'étrange. Puis j'ai aperçu
une feuille de papier sur son bureau.
Je me suis approchée. Là, j'ai trouvé
une note: «Adieu, maman. Ne me
cherche pas. Yukiko» Je me suis dit:
«Alors, c'était Yukiko!» Pourtant, je ne
comprenais pas pourquoi elle avait tué
son père. Je suis restée interdite. Je me
répétais: «Pourquoi? Pourquoi?» J'ai
pris la note et je suis retournée chez
moi. J'ai aussitôt brûlé le papier dans
la cuisine.

C'était l'heure de partir. J'ai tenté
de me calmer. Je devais préparer des
robes occidentales pour le couple de
fermiers. Soudain, j'ai eu un mauvais

pressentiment. J'ai pris dans la commode tout l'argent et mon livret
d'épargne. J'ai aussi pris la boîte qui
contenait le hamaguri et le paquet de
poison. Après avoir mis tout cela dans
mon sac à dos, je me suis rappelé une
autre chose importante : le journal de
ma mère. Je l'ai vite cherché et l'ai
plongé au fond du sac.

J'ai quitté la maison et marché d'un
pas pressé. Mes jambes tremblaient.
Ma tête tournait. Je voyais l'image de
monsieur Horibe. Les yeux révulsés, la
bouche ouverte, le liquide blanc... J'ai
failli vomir.

Je me suis encore demandé pourquoi Yukiko avait tué son père. J'avais
toujours cru qu'ils s'entendaient bien.
Monsieur Horibe n'avait jamais mentionné qu'il avait des problèmes avec
sa fille. Au contraire, il était fier d'elle,
de son intelligence et de sa discré-
tion. «Où est Yukiko maintenant? Si
elle a vraiment disparu, les soupçons
se porteront sur elle... Va-t-elle se
suicider?» Je me suis juré que je ne
dirais jamais à personne ce que j'avais
vu ce matin-là.

JE SUIS ARRIVÉE au quartier où la cousine de madame Horibe habitait. Je me suis dépêchée, j'étais en retard d'une demi-heure. En suivant le chemin que madame Horibe m'avait indiqué, j'ai cherché une grande maison entourée de pins. Quand je l'ai trouvée, j'ai vu madame Horibe assise sur un banc, devant la clôture. J'étais soulagée, je n'avais pas besoin de voir sa cousine, qui connaissait les parents de mon mari. La tête tournée de l'autre côté, madame Horibe ne m'avait pas encore aperçue.

J'ai appelé avec hésitation :

— Bonjour...

Surprise, elle m'a répondu :

— Ah... madame Takahashi !

Je n'ai pas osé la regarder dans les yeux. Je me suis inclinée profondément :

— Excusez-moi de vous avoir fait attendre.

Elle a dit aussitôt :

— Ce n'est rien !

Elle s'est levée. J'ai jeté un coup d'œil sur son visage. J'ai eu un choc. Il était tout crispé. Il avait même un air fâché. Elle a dit sans me regarder :

— On y va !

Je l'ai suivie. Nous marchions en silence. C'était étrange. Elle ne bavardait pas comme d'habitude. Nous sommes arrivées au bas de la montagne, d'où partait le chemin pour aller à la maison des fermiers. Elle s'est arrêtée. J'étais derrière elle.

Brusquement, elle m'a demandé :

— Votre mari vous a-t-il jamais trompée ?

« Quoi ? » J'étais stupéfaite. Je ne comprenais pas pourquoi elle m'avait posé une question pareille. Elle a écarquillé les yeux. J'ai vu un moment l'image du cadavre de son mari. J'ai détourné mon regard. Elle a insisté :

— Répondez-moi, s'il vous plaît.

J'ai dit, la tête baissée :

— Non, jamais.

Elle s'est exclamée :

— Tant mieux !

« De quoi parle-t-elle ? » J'étais embrouillée. Elle a dit :

— Je retournerai bientôt à Tokyo avec ma fille.

J'ai balbutié:

— Je suis désolée, mais je ne comprends pas ce que vous voulez dire...

Elle a élevé la voix:

— Vous ne comprenez pas? Comme c'est drôle! Tout le monde est au courant sauf moi, et vous ne savez pas de quoi il s'agit!

Un instant, je me suis rappelé la conversation de monsieur Matsumoto et sa femme que j'avais entendue au bord du ruisseau. La femme avait dit: «Quelle humiliation! Tout le monde connaît ce secret sauf elle.» J'ai pâli en croyant que madame Horibe avait trouvé quelque chose sur nous, son mari et moi. Elle a poursuivi:

— Je viens d'apprendre de ma cousine qu'à Tokyo, mon mari a une maîtresse qui a eu un enfant de lui et qu'il avait connu cette femme avant notre mariage. Je suis mariée avec lui depuis dix-sept ans et il ne me l'avait jamais dit alors que tout le monde autour de moi le savait! Je suis la risée du public depuis si longtemps!

En l'écoutant, je me suis rendu compte que la cousine de madame Horibe ne savait pas encore que la maîtresse et son enfant à Tokyo étaient nous, Yukio et moi. J'ai été soulagée un instant, mais je me suis dit que la cousine finirait bien par entendre la vérité quelque part. Tôt ou tard, je devrais partir de Nagasaki avec Yukio.

Madame Horibe a demandé, en me faisant les gros yeux :

— Vous n'étiez vraiment pas au courant ?

— Non.

Je voulais la quitter tout de suite, mais je n'osais pas.

Elle a dit d'un ton fâché :

— Je vais injurier mon mari ! Et je vais tout révéler à ma fille. Elle en sera très choquée !

Elle a continué à parler. La scène de ce matin-là me revenait à l'esprit. Yukiko passait devant ma maison d'un pas pressé. J'entendais le bruit d'un verre se fracassant par terre. Je regardais monsieur Horibe, étendu sur le plancher. Ses yeux révulsés. Sa bouche d'où coulait un liquide blanc. Je me répétais au fond de moi-même : « Il est mort ! »

Madame Horibe a dit, comme si elle s'était parlé à elle-même :

— J'ai décidé de divorcer. À vrai dire, je voudrais bien tuer mon mari avant le divorce !

J'avais la tête qui tournait. Elle trouverait bientôt son mari empoisonné. Je la voyais courir au poste de police, puis à l'usine pour chercher sa fille, en vain.

Madame Horibe a recommencé à marcher. Nous montions une côte étroite. Elle a dit que c'était le raccourci pour aller chez les fermiers et qu'on arriverait dans une heure. Je la suivais en silence. Heureusement, elle ne parlait plus.

Après une pente forte, nous nous sommes reposées quelques minutes. Le paysage était très beau. Le ciel était limpide. Assises sur une grosse souche, nous regardions au loin la vallée d'Uragami, où nous habitions. Elle était toute petite. C'était difficile de croire ce qui s'était passé ce matin-là. Je pensais que c'était un cauchemar. Comme j'avais voulu empoisonner cet homme, j'avais réalisé mon désir en rêve.

Madame Horibe et moi sommes arrivées enfin chez les fermiers. Le mari balayait le jardin. La femme nous a conduites dans la maison. J'ai étalé sur les tatamis les robes que j'avais apportées. La fille des fermiers y est entrée avec des tasses de thé. Dès qu'elle a vu les robes, elle s'est exclamée : «Comme elles sont belles!» Sa mère la regardait en souriant.

Et tout à coup, on a entendu le mari crier : «Venez ici, tout le monde!» La femme s'est levée :

— Qu'est-ce qu'il y a, mon chéri?

Il a crié de nouveau :

— Venez ici, tout le monde !

Nous sommes descendues dans le jardin. Il nous indiquait le nord. Nous avons aperçu aussitôt un nuage blanc très dense au-dessus de la vallée d'Uragami. C'était comme une énorme masse de coton. «Mon Dieu ! Quelle horreur !» Nous avons tous pâli. Le nuage s'agrandissait de plus en plus et il devenait un immense champignon. Le mari a murmuré :

— Ça doit être une bombe pareille à celle qui est tombée sur Hiroshima il y a trois jours.

Madame Horibe m'a dit :

— Descendons tout de suite ! Il faut retrouver les enfants.

Elle avait raison. Je suis retournée dans la maison pour reprendre mon sac à dos. J'ai laissé mes robes là-bas. Je me suis rendu compte de la gravité de la situation. Je frissonnais, en priant tout bas : «Yukio, Yukiko, vous devez rester en vie !»

Madame Horibe et moi nous nous sommes mises à descendre la pente en vitesse. Les fermiers nous criaient : «Soyez prudentes !»

Nous sommes enfin arrivées au pied de la montagne. Madame Horibe a décidé de se rendre d'abord à l'usine chercher Yukiko. Je savais que ce serait en vain, mais je n'ai rien dit. De fait, je n'avais aucune idée où était sa fille. J'ai quitté madame Horibe et je me suis dirigée vers l'hôpital universitaire où Yukio et monsieur Matsumoto devaient aller ce matin-là.

La ville de Nagasaki était l'enfer de ce monde. Je marchais en évitant les cadavres. Ils étaient déformés, ensanglantés, brûlés. Une odeur épouvantable flottait dans l'air. Des gens sur le point de mourir demandaient de l'eau, en gémissant de douleur. Toutes les maisons de bois étaient écrasées. Plus je m'avançais vers le nord, pire c'était. J'étais prise de terreur. Je criais: «Yukio! Yukio!»

Lorsque j'ai aperçu Yukio dans les ruines de l'hôpital, je n'en ai pas cru mes yeux : il était indemne. Monsieur Matsumoto aussi était sain et sauf. Tous deux étaient en train d'assister des blessés. Monsieur Matsumoto m'a demandé de chercher sa femme dans notre village, il ne pouvait pas s'éloigner. Je suis partie tout de suite en lui laissant Yukio, qui voulait aider d'autres victimes.

En chemin, j'ai appris que notre village avait été complètement détruit par le souffle de la bombe et que tout le monde qui y était resté ce matin-là avait péri.

Je suis arrivée au village délabré. La maison de monsieur Matsumoto n'existait plus. J'ai cru que madame Matsumoto n'avait pu échapper à la mort. Sinon, elle serait venue chercher son mari à l'hôpital universitaire. À moins qu'elle n'ait été blessée. Je voyais son visage souriant, j'entendais encore ses paroles : «Nos voisines me disent que monsieur Horibe a l'air séduisant. Il doit plaire à beaucoup de femmes!»

Je marchais le long du ruisseau, caché sous des décombres. Les saules pleureurs avaient disparu. Le chemin était couvert de cendres et de pierres. Devant moi, il n'y avait qu'un tas de gravats. Malgré tout, j'ai continué à avancer. Je me suis enfin rendue là où notre bâtiment était situé. Tout était en ruines. Il ne serait pas possible de retrouver le corps de monsieur Horibe. Même dans le cas où on le retrouverait, dans des circonstances pareilles personne ne saurait qu'il avait été empoisonné. J'étais vraiment soulagée pour Yukiko.

Je suis restée clouée sur place longtemps. Quand j'ai aperçu une planche en feu, je me suis rappelé le cyanure de potassium que je gardais dans mon sac à dos. J'ai sorti le paquet de poison de la boîte et je l'ai jeté dans le feu. Le papier s'est mis à brûler lentement. J'ai fredonné : «Ho... ho... hotaru koï...»

Quelques jours plus tard, j'ai appris de monsieur Matsumoto que Yukiko était vivante mais que la cousine de madame Horibe et ses beaux-parents étaient déjà morts.

Trois semaines après la bombe atomique, madame Horibe et sa fille sont retournées à Tokyo.

III

OBÂCHAN ME DIT avec un faible sourire :

— Tsubaki, voilà l'histoire d'une luciole tombée dans l'eau sucrée. Merci de l'avoir écoutée jusqu'à la fin.

— Ça devait être pénible pour toi de n'avoir pu confier à personne, pendant si longtemps, un événement aussi grave.

Je me sens lourde. J'étais curieuse de son passé mystérieux, mais je n'avais jamais imaginé une telle histoire dans ma propre famille.

Obâchan murmure :

— Pauvre Ojîchan...

Elle baisse la tête. Je pense à mon père, qui a les yeux nostalgiques de sa mère. Je demande :

— Vas-tu un jour parler à mon père de Yukiko et de son empoisonnement?

Elle réfléchit et secoue la tête :

— Sans doute jamais.

Elle regarde vers le jardin potager, l'air distrait. Je me demande un moment si elle aura encore des hallucinations à propos de cette jeune fille, Yukiko. Obâchan dit :

— Je ne comprends toujours pas pourquoi Yukiko a tué son père.

— Il est possible que son père l'ait blessée gravement, comme il t'a blessée.

— Non. Autant que je sache, il était tout le temps doux avec sa fille.

— Alors, c'est vraiment un mystère.

— Oui. Sinon, mon démon a dû posséder Yukiko…

Elle se tait quelques instants. Des larmes montent à ses yeux. Elle murmure :

— Yukiko doit mener une vie bien lourde en portant un tel fardeau. Je voudrais lui dire que je suis aussi coupable qu'elle.

Elle ferme les yeux. Les larmes mouillent ses joues. Je ne sais que dire. Nous nous taisons. Je remarque qu'elle tient encore le hamaguri dans sa main. Elle l'agite. Kotokotokoto… Je suis très étonnée qu'elle ait conservé cet objet si longtemps. Je suis certaine

que mon père ne s'en souvient plus. Je
demande :

— Qu'est-ce qui est arrivé au journal
de ta mère ?

Elle arrête de bouger la main. Son
visage s'assombrit rapidement.

— Je l'ai brûlé il y a des années, dit-
elle, parce qu'il me rappelait sa disparition et celle de mon oncle.

Je me tais. Je vois son visage. Des
larmes tombent sur sa main, celle qui
tient le hamaguri.

— Je suis fatiguée, dit-elle. Je voudrais me reposer un peu.

Je l'aide à arranger sa couverture.
Elle me serre la main.

CE SOIR, nous mangeons ensemble, mes parents et moi.

Ma mère parle du film qu'elle a vu hier avec mon père. C'est une histoire d'amour interdit. Un garçon et une fille sont tombés amoureux sans savoir qu'ils sont demi-frère et demi-sœur. Ils se promettent l'un à l'autre avant d'être séparés par leurs parents. Les années passent. Quand le jeune homme vient chercher son amoureuse, elle est déjà morte d'une maladie incurable. Émue, ma mère dit: «Comme c'est triste!» Mon père sourit: «C'est une histoire qui n'arrive que très rarement dans la réalité.»

Je reste silencieuse. Je pense au professeur H. qui souhaite me voir seule, après m'avoir confié que son mariage ne va pas bien depuis longtemps. Je comprends maintenant pourquoi

Obâchan s'est opposée si fermement à ma rencontre avec lui.

— Qu'est-ce qu'il y a, Tsubaki? Tu n'as pas le moral ce soir, dit mon père.

Je lève la tête. Ses yeux nostalgiques me regardent. Je réponds:

— Rien. Je suis fatiguée. C'est tout.

Ma mère me dit:

— C'est gentil de revenir chaque week-end voir Obâchan et nous aider, mais prends le temps aussi de t'amuser. N'as-tu pas encore quelqu'un de spécial dans ta vie?

Elle a un air curieux. Mon père me regarde toujours. Je leur souris:

— Non, pas encore. Ne vous inquiétez pas, je trouverai un jour quelqu'un comme Ojîchan.

Ma mère s'exclame:

— Ojîchan? Quelle surprise! Je pensais que tu ne te souvenais pas bien de lui. Tu n'avais que six ans quand il est décédé.

Mon père me dit:

— C'est un bon modèle!

Après le dîner, mon père est sorti acheter une revue scientifique à la librairie, près de la station de Kamakura. Ma mère et moi buvons du thé. Elle prend le journal du soir. Je vois son visage. Elle a douze ans de moins que mon père. Je demande :

— Pourquoi mon père s'est-il marié avec toi si tard ? Il avait trente-cinq ans à l'époque, n'est-ce pas ?

Ma mère est étonnée :

— Pourquoi cette question, soudain ?

— Simple curiosité.

Elle se tait un moment. Elle réfléchit, le journal à la main.

— Ton père, dit-elle enfin, avait quelqu'un à Nagasaki à qui il se sentait promis.

— Vraiment ? Alors, qu'est-ce qui est arrivé ?

— Sa fiancée a disparu un beau jour et, quand il a appris sa nouvelle adresse, elle était déjà mariée.

— Mon Dieu... Mon père a dû être peiné.

Je songe à Obâchan, qui s'est évanouie en entendant la nouvelle du mariage de monsieur Horibe.

— En effet, dit ma mère. C'est pour cela qu'il lui a fallu longtemps avant d'envisager de se marier avec quelqu'un d'autre. La fiancée devait avoir une raison grave pour manquer à sa promesse, comme dans le film d'hier soir. Il y a des choses qu'on ne peut dire aux autres... Ton père m'en a parlé une seule fois avant notre mariage. Garde cette histoire pour toi, s'il te plaît.

JE SUIS DANS L'OBSCURITÉ. Je regarde les lucioles dans l'aquarium. Il y en a toujours deux. Elles rampent sur les feuillles de fougère. En dessous, il reste encore un peu d'eau. Lorsqu'elles clignotent, je me rappelle que ce sont des mâles. Ils cherchent alors des femeles, des vers luisants, qui ne sont pas là.

Je vois l'image d'Obâchan, qui se sent coupable de l'empoisonnement de monsieur Horibe. Elle dit que son démon a dû posséder Yukiko. Elle ne sait comment expliquer autrement cette coïncidence. Sans communiquer entre elles, les deux personnes ont conçu une idée épouvantable en même temps : un meurtre au cyanure de potassium. Je me demande comment Yukiko a obtenu ce poison. Peut-être par Tamako, la fille de madame Shimamura qui en a

donné à Obâchan. Je vois maintenant
les visages de quatre femmes qui ont
en commun le cyanure de potassium :
Yukiko, Tamako, madame Shimamura
et Obâchan.

J'ai appris quelque part, dans un
livre scientifique, qu'il y a des lucioles qui clignotent à l'unisson, et même
à un certain rythme. C'est comme un
orchestre sans chef. Cette synchroni-
sation était un mystère jusqu'à récem-
ment, les gens pensaient qu'elle se
produisait accidentellement. En fait,
d'après le livre, le mécanisme de ce
phénomène est simple : chaque insecte
comporte un oscillateur, comme un
métronome, dont le minutage s'ajuste
automatiquement en réponse aux
flashes des autres. Je crois qu'il n'y a
peut-être pas de coïncidences dans ce
monde. Il doit y avoir un rapport entre
les phénomènes qui arrivent en même
temps. Alors quel est le lien entre le
motif du meurtre d'Obâchan et celui
de Yukiko ?

Les lucioles dans l'aquarium clignotent toujours. L'une rampe sur une
feuille de fougère jusqu'au bout, où
elle se trouve dans un coin d'espace.
L'autre arrive et s'arrête derrière la
première. Les deux restent immobiles
comme si elles ne savaient plus où aller.

Je décide de les lâcher dehors. Je pose
l'aquarium sur le seuil de la fenêtre
et ouvre le couvercle. Les lucioles ne
bougent pas. Je sors la feuille avec
elles. Quelques instants après, elles
prennent enfin leur envolée et dispa-
raissent dans le noir.

DANS LE CIEL montent d'énormes cumulo-nimbus, ces nuages typiques de l'été qu'Obâchan n'aime pas. «Voici venir la cinquantième année depuis lors. Je n'avais jamais espéré vivre si longtemps...» répète-t-elle ces jours-ci. Le poids de ces mots pèse lourdement sur moi.

C'est l'après-midi du dimanche. Bien que j'aie passé seulement deux nuits chez mes parents, je me sens comme si j'y étais depuis plus d'une semaine. Je me prépare à retourner à Tokyo. Demain matin, je dois travailler à la boutique du fleuriste. J'entre dans la cuisine, où ma mère compose un bouquet de fleurs. J'irai le déposer sur la tombe d'Ojîchan, en route vers la gare de Kamakura. Les fleurs sont des asters de Chine. Le bleu des

pétales évoque le wasurenagusa. En
me tendant le bouquet, ma mère dit:
«J'attendrai que tu nous présentes un
homme comme Ojîchan!» Je souris. Je
me rends compte que l'image du professeur H. ne me trouble plus. Même
s'il m'attire toujours, j'ai décidé de refuser sa proposition.

Je sors. Il fait chaud. Les cigales cra-
quettent dans le kaki. Mon père est
assis dans le fauteuil de bambou, placé
à l'ombre. Il lit la revue scientifique
qu'il a achetée hier soir. Devant lui, il
y a une table de bois sur laquelle est
posé le chapeau de paille d'Ojîchan.
En jetant un coup d'œil sur le visage
de mon père, je pense que son regard
nostalgique doit peut-être beaucoup à
son passé perdu. Il serait très surpris
d'apprendre le secret d'Obâchan.

— Papa, je pars maintenant.

Il se lève et me raccompagne jusqu'à
la haie qui clôture le jardin. Au moment
où je le quitte, il crie: «Attends!» et
retourne chercher le chapeau de paille.
En le mettant sur ma tête, il dit sérieusement:

— Prends garde de ne pas attraper
une insolation!

— Tu as raison.

Le chapeau est un peu grand pour
moi. Je le replace. L'odeur de la sueur

de mon père effleure mes narines. Je demande :

— Puis-je le garder pour moi?

— Certainement! répond-il. Il te va bien!

— Merci et à bientôt!

Il sourit :

— Merci pour ton aide, Tsubaki!

Je me dirige vers la gare de Kamakura.

Je n'ai pas salué Obâchan, qui s'est endormie après son repas du midi. Elle était silencieuse ce matin, les yeux dans le vague. Elle me regardait comme si elle ne m'avait rien raconté. Je nettoyais sa chambre sans lui adresser la parole. De temps en temps, elle agitait le hamaguri. Kotokotokoto... Elle m'a dit seulement : «Tsubaki, est-ce qu'Ojîchan m'attend dans l'autre monde?» J'ai répondu doucement : «Bien sûr, Obâchan! Mais tu dois vivre longtemps à sa place.» Elle a souri faiblement.

Je marche le long du ruisseau. J'arrive bientôt au temple S., où se trouve la tombe d'Ojîchan. J'entre dans le terrain et passe devant le *hondô*. Personne n'est là. Je monte l'escalier en pierre pour me rendre au cimetière. Je sens l'odeur du *senkô*. La tombe d'Ojîchan est située au coin opposé à l'entrée. Je m'approche.

Je regarde les lettres gravées sur la pierre: «La tombe de la famille Takahashi» J'enlève les fleurs fanées du tuyau de bambou placé à côté de la pierre. J'y mets maintenant le bouquet d'asters de Chine que ma mère a fait. Le bleu des fleurs brille. Je ferme les yeux. Je vois mes grands-parents se promener sur la plage, main dans la main. Je songe à Obâchan, qui a été incapable de dire la vérité à son mari. Je prie: «Ojîchan, viens chercher Obâchan. Sinon, elle va errer sans savoir où aller, comme une luciole perdue.» Tout à coup, une cigale se met à chanter au-dessus de moi.

J'arrive à la gare. En entrant, j'aperçois les deux lycéennes que j'ai vues l'après-midi du vendredi. Elles ont dû séjourner dans un hôtel de la ville. Nous faisons la queue devant le guichet. En attendant derrière elles, j'écoute leur dialecte du Kyushu. Elles parlent du Daïbutsu. L'expression de l'une me semble très naïve, et celle de l'autre très attentive. Je me dis: «Ce sont Tamako et Yukiko!» Celle qui ressemble à Yukiko dit d'une voix claire: «Deux billets pour Nagasaki, s'il vous plaît!» Je la regarde, bouche bée. J'achète mon billet pour Tokyo. Les lycéennes se dirigent directement vers l'accès aux quais.

Je lève la tête. Les cumulo-nimbus
se sont transformés en cirrus. Je ferme
les yeux. Mes grands-parents marchent
sur ces nuages montés haut dans le
ciel limpide. Leurs mains sont toujours unies l'une à l'autre. J'appelle:
«Obâchan!» Elle s'arrête. L'air soucieux,
elle tente de me dire quelque chose.
Je lui dis aussitôt: «Ne t'inquiète pas!
Je ne tomberai pas dans l'eau sucrée.»
Ojîchan sourit: «Tsubaki, tu rencontreras aussi quelqu'un de spécial dans ta
vie.» Je souris à mon tour: «Merci pour
ton chapeau!»

GLOSSAIRE

Daïbutsu: grande statue du Bouddha.

Go (igo): jeu pour deux personnes sur un damier avec des pions noirs et blancs. Le gagnant est celui qui a occupé le plus grand territoire.

Gyokusaï: mourir vaillamment, combattre jusqu'à la mort.

Hamaguri: palourde japonaise.

Hondô: sanctuaire d'un temple bouddhiste.

Hotaru: luciole.

Kinoko-gumo: champignon atomique. Kinoko: champignon; gumo (kumo): nuage.

Koseki: état civil fixant le domicile légal de la famille dont tous les membres portent le même nom.

Obâchan: grand-mère, vieille femme.

Ojîchan: grand-père, vieil homme.

Ojisan: oncle, monsieur.

Oshiire: placard à literie et à vêtements encastré dans le mur.

Senkô: bâtonnet d'encens.

Shôgi: jeu d'échecs japonais.

Wasurenagusa: myosotis (ne m'oubliez pas).

Yosomono: étranger(ère).

Ouvrage réalisé par Luc Jacques, CompoMagny.
Achevé d'imprimer en août 2004 par l'Imprimerie Floch
à Mayenne, sur papier des Papeteries de La Gorge de
Domène pour le compte des éditions Actes Sud Le Méjan
Place Nina-Berberova 13200 Arles.
Dépôt légal 1re édition : novembre 2004
N° impr. : 60861
(Imprimé en France)